UNE BALLE EN PLEIN CŒUR

STEVE SAVIDAN
DAVID BERGER

UNE BALLE EN PLEIN CŒUR

éditions du
ROCHER

ISBN : 978-2-268-06888-6

À Karine, Joris et Marius.

NOM : Savidan
PRÉNOM : Steve
SURNOM : Savigol
Né le 29 juin 1978
Décédé footballistiquement le 29 juin 2009

On survit à une peine de cœur,
jamais à un cœur en panne.
Docteur Fabrice Bryand

Y en a qui ont le cœur si large
Qu'on y rentre sans frapper.
Y en a qui ont le cœur si frêle
Qu'on le briserait du doigt.
Jacques Brel

1

Le cœur brisé

La saison 2008-2009 vient de s'achever sur une triste note. Mon club, le Stade Malherbe de Caen est relégué en Ligue 2.

Il me faut digérer cet échec sportif et rebondir au plus vite dans un club d'élite. Mon président, Jean-François Fortin, ne me forcera pas à honorer mes trois années de contrat, et mon intention est de rester en Ligue 1.

Au moment où débutent les vacances du footballeur, la presse spécialisée évoque des rumeurs de transferts. Je suscite l'intérêt et la convoitise de certains clubs. J'ai le profil requis : je suis attaquant, buteur, français, expérimenté, certes la trentaine bien entamée, trente et un ans, mais le montant exigé par Caen semble à la portée de toutes les bourses footballistiques. Pour quelque trois millions d'euros, un club peut raisonnablement se mettre sur les rangs pour m'enrôler.

Mon objectif est de signer dans une formation ambitieuse qui me permettra de retrouver l'équipe de France et de participer à la prochaine Coupe du monde, en Afrique du Sud.

En ces premiers jours de juin 2009, il n'y a pas de réels contacts, seulement quelques touches par-ci par-là et la formule se répète au fil des conversations avec agents, journalistes et joueurs : « On parle de toi... »

Ce « on », c'est Lille, Valenciennes, Rennes, Lens, Monaco ou Nice.

Et un espoir secret est né depuis quelques jours : Paris.

En effet, le PSG vient de nommer un nouvel entraîneur, Antoine Kombouaré, mon ancien coach de Valenciennes, mon mentor, mon confident.

Depuis mon lieu de villégiature, les coups de fil s'enchaînent. Des entraîneurs m'appellent pour me sonder sur mes intentions et m'exposer leur projet sportif.

Tous mes interlocuteurs contactent d'abord mes agents, Philippe Flavier et Henri Zambelli, qui les orientent directement vers mon portable. Après une semaine de vacances, le tri s'est opéré naturellement, certaines pistes sont définitivement abandonnées, d'autres se creusent plus sérieusement et mènent à Nice ou à Rennes.

Elles se traduisent par de fréquents échanges téléphoniques avec l'entraîneur de Nice, Didier Ollé-Nicolle mais aussi avec Pierre Dréossi et Frédéric Antonetti, respectivement manager général et entraîneur de Rennes. À chaque appel, la discussion est plus approfondie, on aborde les conditions sportives, contractuelles, financières et humaines.

Reste un élément majeur : quelle que soit ma destination, rien ne sera conclu sans l'accord préalable entre Caen et mon futur employeur. Cette première étape m'échappe totalement, elle dépend uniquement de la volonté unilatérale du président Fortin. Je sais qu'il m'a accordé un « bon de sortie » mais pas question pour lui de me brader.

Mon premier choix se porte d'abord sur le Stade rennais. C'est un club stable, « costaud » financièrement, doté d'un fort potentiel pour titiller les quatre grosses écuries de Ligue 1. À sa tête, un nouvel entraîneur que j'apprécie beaucoup. Bref, un club ambitieux façonné pour retrouver la scène européenne et évoluer dans le premier tiers du classement. Et la Bretagne n'est pas très loin d'Angers, ma ville natale.

Alors que mon avenir breton se précise, Henri Zambelli et Philippe Flavier m'informent qu'un troisième club vient d'entrer en scène : le club de la principauté de Monaco, l'ASM.

Guy Lacombe vient tout juste d'être nommé entraîneur à la place du brésilien Ricardo et il désire absolument me confier les clés de l'attaque monégasque.

Je joins Marc Keller, le directeur sportif de Monaco, qui me confirme sa volonté « prioritaire » de m'engager. On tombe rapidement d'accord sur les termes contractuels, puis j'appelle Guy Lacombe, à qui je voue une réelle admiration.

Je lui fais part de mon envie de travailler sous ses ordres, j'aime autant le personnage que sa philosophie du foot. Son discours me plaît, me séduit, et lorsque je lui avoue que mon plus grand souhait serait de revenir en équipe de France, il m'interrompt :

« Moi je vois beaucoup plus loin. Je veux que tu fasses la Coupe du monde. Et comme il y a toujours eu au moins un Monégasque à chaque phase finale de Coupe du monde, eh bien ce sera toi ! »

Sa réplique sonne comme un déclic.

Mon choix est quasiment arrêté, d'autant que la situation n'a guère évolué du côté de Rennes, dont l'empressement est moins manifeste.

J'avoue cependant que les deux projets (breton et monégasque) me conviennent. Ma femme Karine, plutôt réticente à un nouvel éloignement familial, penche plutôt pour Rennes. Quelle que soit la décision finale, je sais que ce sera une belle évolution dans ma carrière.

Mais il manque toujours l'accord indispensable de Caen pour que le transfert soit finalisé. Le président Fortin est à l'étranger, injoignable.

Les jours passent et l'attente devient pénible et stressante. Je tiens absolument à être fixé avant la reprise de l'entraînement fin juin et nous sommes le 20.

Guy Lacombe m'appelle chaque jour et me pose de nouvelles questions : l'incontournable interrogation sur mon rythme de vie, ma nature épicurienne et ma fausse réputation de « bringueur invétéré ».

Je le rassure aussitôt en lui certifiant que je n'irai pas dans le Sud pour porter des lunettes de soleil ni bronzer sur la plage…

Suis-je prêt à jouer devant si peu de spectateur, car le stade Louis-II est connu pour sa faible fréquentation les jours de match ?

Et je lui réponds du tac au tac :

« Mais c'est moi qui vais faire revenir du monde au stade ! »

Il se marre. Ce rire résonne comme un accord quasi définitif, comme une poignée de mains virtuelle, une promesse verbale qui scelle définitivement notre future collaboration.

Dans ma tête, j'arbore déjà les couleurs rouge et blanc de l'AS Monaco, presque les mêmes que celles de Valenciennes, un club cher à mon cœur, là où j'ai réussi mon éclosion. Est-ce un signe ?

***

Lundi 22 juin : dans une semaine les joueurs auront repris le chemin de l'entraînement, et ma situation ne s'est toujours pas décantée.

Je déplore que le président Fortin ne soit pas plus réactif. Marc Keller commence à s'impatienter. S'engage alors une sorte de bras de fer silencieux.

Je comprends chacune des parties, il y a un tel enjeu financier : Caen a tout intérêt à temporiser pour tirer le maximum de profit de ma vente tandis que Monaco et Rennes souhaitent ouvrir au plus vite les négociations. Il est toujours préférable d'avoir son nouvel effectif à disposition le jour de la rentrée des classes pour créer immédiatement une osmose dans le groupe.

La semaine passe, rien n'est encore signé même si la presse pronostique une signature imminente à Monaco.

Le samedi 27 juin, je suis invité au mariage d'un ami footeux près d'Angers, Yohan Michaud. Je m'y rends avec Karine et mon meilleur pote, Jérôme Frogé. Lors de la cérémonie, je suis « ailleurs » Mes pensées sont à Monaco. D'ailleurs je passe mon après-midi l'oreille collée au portable avec mes agents ou Marc Keller, dans l'attente du oui caennais.

Finalement, vers 20 heures, je décide de prendre les devants, je m'approche des mariés et leur annonce avec regrets que je ne pourrai pas rester pour le dîner. Je dois partir, le stress est trop grand, je dois forcer le destin et aller… à Monaco.

J'abandonne Karine qui ne peut m'accompagner à cause des enfants. En revanche, mon ami Jérôme accepte de venir avec moi en suggérant de nous relayer au volant toutes les deux heures. J'entre dans mon GPS la ville d'arrivée :

Monte-Carlo. Distance : mille kilomètres. Et nous voilà sur la route pour cette longue expédition nocturne, destination : la principauté de Monaco.

Je préviens Marc Keller de mon arrivée matinale et lui demande de me réserver une chambre sur place.

Il est stupéfait :

« C'est incroyable ce que tu fais là ! Décider de nous rejoindre alors que tu n'as même pas encore signé, faire mille bornes dans la nuit ! Tout ça dans le but d'accélérer la transaction… Franchement, je ne connais pas beaucoup de joueurs qui auraient pris une telle décision ! »

Le voyage est long, nous faisons quelques pauses sur l'autoroute et à chaque arrêt, les gens que je croise me posent la même question : « Alors Monaco ? C'est signé ? »

Quand l'un de nous deux conduit, l'autre se repose mais ne s'endort pas. On en profite aussi pour se rappeler le bon vieux temps, de grands éclats de rire agrémentent notre périple nocturne.

Nous atteignons enfin la principauté au petit matin. Je suis déjà sous le charme. Nous logeons à la frontière monégasque, à Cap-d'Ail, à l'hôtel Marriott situé juste en face du stade Louis-II.

Je demande ma chambre. La réceptionniste est troublée et confuse : il n'y a aucune réservation au nom de Savidan.

Je ne comprends pas, lui demande de vérifier à nouveau quand, tout à coup, l'un de ses collègues surgit d'un bureau annexe et m'annonce tout bas :

« Bonjour Monsieur, il y a bien une réservation pour vous mais dans un souci de discrétion et d'anonymat, votre chambre est au nom… d'Incognito !

– Ah, d'accord. Bon, je suis donc incognito... M. Incognito.
– C'est ça, exactement. »

Très prévoyant Marc Keller ! Tant que rien n'est officiel, mieux vaut en effet ne pas alerter les média de ma venue.

Ce nouveau patronyme m'amuse et j'en joue de bon matin en appelant le room service de l'hôtel :

– Allô, bonjour, ce sont les incognitos, je ne peux parler trop fort mais est-ce qu'on pourrait avoir deux petits déjeuners, en toute discrétion bien sûr ? !

Les consignes de Marc Keller sont en réalité bien plus contraignantes qu'un simple changement de nom : interdiction formelle de sortir de l'hôtel, je suis assigné à résidence pendant vingt-quatre heures, jusqu'au lundi matin. Je dois croiser le moins de monde possible. Ma présence en principauté ne doit pas s'ébruiter tant que les négociations avec Caen n'aboutissent pas.

Je décide de dormir quelques heures puis dans la soirée, Marc Keller me rejoint avec une partie du staff de l'AS Monaco.

Ça y est, la discussion entre les deux clubs est bien engagée et l'accord est proche, probablement pour le lendemain.

***

Lundi 29 juin, mon anniversaire. Marc repasse à l'hôtel dans la matinée. La signature est imminente, Caen et Monaco sont tombés d'accord sur le montant du transfert : un peu plus de trois millions d'euros.

Reste à passer la traditionnelle visite médicale prévue en début d'après-midi. Il s'agit d'un test d'effort physique. Je ne m'attends pas à un résultat mirobolant, je suis encore très fatigué par le long voyage en voiture de la veille, épuisé par le manque de sommeil, les excès pendant les vacances et le stress dû à l'attente interminable de mon transfert.

Jean-Marc, le chauffeur de l'AS Monaco, me conduit à l'hôpital Princesse-Grace et, durant le trajet, je parcours les différents quotidiens nationaux et régionaux que m'a remis mon « majordome ».

Je découvre, sans grande surprise, que ma présence en principauté a déjà filtré malgré toutes les précautions de Marc Keller. Je suis presque soulagé, je vais enfin sortir de ma cachette, l'incognito que j'étais la veille retrouve sa véritable identité.

Du coup, je me sens beaucoup plus détendu avant de passer les tests préliminaires à l'embauche. Ils consistent simplement à faire du vélo, à franchir quelques paliers, autrement dit à accélérer quand on me le demande puis ralentir la cadence et ainsi de suite…

La séance terminée, le docteur Rinaldi dresse son premier diagnostic :

« Ah, vous avez un bloc droit… avec des extrasystoles. »

Information que je connaissais depuis longtemps. C'est même courant chez certains sportifs de haut niveau. « Avoir un bloc droit », c'est lorsque la partie droite du cœur, plus exactement le ventricule droit, est un peu plus gros que le ventricule gauche et cette disproportion ne cesse de croître au fil de la carrière sportive.

Quant aux extrasystoles, ce sont des vibrations a priori plus fonctionnelles qu'organiques, généralement causées par un état d'anxiété, de stress, de fatigue et accentuées sous l'effet du café et de tout autre excitant…

Je ne suis donc pas étonné par son diagnostic. Je connaissais l'existence de ce bloc droit et mon état général ces derniers jours ne pouvait que favoriser l'apparition d'extrasystoles.

Le docteur Rinaldi me prescrit des tests complémentaires et une IRM[1] cardiaque, histoire de mesurer ce bloc droit, d'évaluer la grosseur du ventricule droit.

Je ne suis ni surpris ni inquiet d'autant que mon médecin de Valenciennes, Marc Chasselat, que j'appelle en sortant de l'examen me rassure :

« Tu as toujours eu un bloc droit. C'est fréquent chez les sportifs. Il n'y a jamais eu d'alerte en ce qui te concerne ! Mais c'est logique, ils veulent te faire passer une IRM cardiaque par précaution ! Quant aux extrasystoles, tu verras, ils disparaissent avec un peu de repos et de toute façon, avec la reprise de l'entraînement, tu retrouves la forme et tu stoppes tous les excès. »

L'IRM cardiaque permet d'analyser les structures cardiaques (myocarde, péricarde...) et les gros vaisseaux (aorte, veines, artères). On vous place des électrodes sur le thorax durant une bonne demi-heure et toutes les quarante secondes, il faut gonfler la poitrine, respirer, inspirer, expirer...

Cet examen permet de déceler la moindre insuffisance cardiaque et autre maladie ou anomalie congénitale.

Le lendemain, je vais donc passer cette IRM cardiaque. Dans la foulée, j'enchaîne par une échographie du cœur.

J'ai rendez-vous ensuite au siège de l'AS Monaco. Il est 17 heures, mon contrat est prêt. Par le sceau de son président, le Stade Malherbe de Caen a donné son accord pour un transfert à trois millions et demi d'euros. Je n'ai plus qu'à apposer ma signature...

1. Imagerie par résonance magnétique.

***

Nous sommes cinq dans le bureau : il y a l'un de mes agents, Philippe Flavier, l'une des figures historiques du club monégasque, Jean Petit, Marc Keller et mon pote Jérôme, qui n'a jamais assisté à une signature de ce genre, je veux lui faire ce petit plaisir.

Je me sens relâché, libéré, soulagé. Juste avant d'entrer dans le bureau, j'ai appelé Karine pour lui annoncer que j'allais enfin signer à l'AS Monaco. Elle est très heureuse et soulagée après une si longue attente.

J'ai le stylo entre les mains, prêt à parapher toutes les pages du contrat quand soudain le téléphone sonne.

Annie, la secrétaire du club, demande à Marc Keller de venir la voir.

Je pense instantanément au fax du club caennais qui a dû arriver.

Marc s'absente quelques minutes et à son retour interpelle Philippe Flavier pour s'entretenir en tête à tête avec lui.

Là encore, j'imagine une histoire de commission d'agent qui ne regarde personne d'autre qu'eux. Marc Keller revient dans le bureau et me demande de le suivre dans une autre pièce.

Dans mon esprit, cette fois, c'est la présence de mon ami Jérôme qui justifie cet aparté. Marc souhaite sûrement aborder certaines clauses confidentielles de mon contrat. Il me dirige vers un autre bureau, où se trouve le médecin du club, Philippe Kuentz.

Sur une table, bien en évidence, j'aperçois mon dossier médical.

Le docteur m'invite à prendre place face à lui :

« Voilà, Steve, assieds-toi… Je vais être franc et direct…

– Qu'est-ce qui se passe ? J'ai un truc grave ? Je vais bientôt mourir ?

– Tu as un problème cardiaque, on ne peut pas signer aujourd'hui.

– Mais c'est quoi ce problème cardiaque ?

– Au vu des éléments dont nous disposons, tests physiques, IRM et échographie, on se doit de faire des tests complémentaires. Je ne peux rien dire de plus pour le moment, mais ton contrat ne peut pas être validé aujourd'hui. Comprends bien que nous devons avoir la certitude que tu ne cours aucun danger. La signature est donc différée, retardée de quelques jours. »

J'acquiesce en silence avec une relative sérénité. Après tout, on n'est plus à un jour près.

« Tu as rendez-vous demain à Paris à l'hôpital de la Salpêtrière avec le professeur Isnard. C'est le spécialiste de la dysplasie ventriculaire droite arythmogène (DVDA) que l'on suspecte chez toi. »

Je retourne auprès de mon agent et de mon ami et je leur annonce cette suspicion de DVDA. Ils enregistrent l'information comme si je venais d'utiliser un dialecte inconnu. Je les rassure en leur avouant que rien n'est remis en cause, on attend juste un diagnostic final quant à cet éventuel problème cardiaque.

Nous quittons le siège de l'AS Monaco. Il nous faut à présent mettre au point une stratégie médiatique. Ma présence en principauté ayant fait le tour des rédactions, la presse ne comprendrait pas pourquoi mon transfert est aussi long à finaliser. Nous convenons avec Marc Keller d'un communiqué court :

Steve Savidan est à Monaco.
Il va passer une visite médicale

et effectuer toute une série de tests très poussés dont les résultats seront connus dans quelques jours.

Le seul point positif durant cette attente interminable, c'est la relation étroite qui se noue avec Marc Keller et le staff monégasque. Nos discussions sont de plus en plus complices. Aucun nouveau joueur ne peut se targuer d'échanger aussi longuement avec ses nouveaux dirigeants. Je considère tous ces échanges comme un gain de temps précieux qui va me permettre de m'adapter plus vite à ma nouvelle vie.

***

Le lendemain, je prends donc l'avion pour Paris. Durant le vol, je me repasse virtuellement le film de ces derniers jours : les mille kilomètres en voiture d'Angers à Monaco, la « garde à vue » des « incognitos » à l'hôtel Marriott, tous les tests physiques et médicaux, l'imminence d'une signature et maintenant cette nouvelle consultation dans un autre hôpital.

Cette succession d'événements impromptus m'arrache le sourire même si je suis animé d'une certaine appréhension. Je ne redoute pourtant rien de grave, j'ai seulement hâte que tout soit terminé.

J'ai donc rendez-vous à l'hôpital de la Pitié-Salpêtrière avec le professeur Isnard. Un an auparavant, c'est lui avait détecté l'anomalie cardiaque de Lilian Thuram. Le champion du monde 1998, en voie de transfert du FC Barcelone au Paris Saint-Germain, avait dû mettre un terme à sa carrière. Je sais que ce professeur est le meilleur de sa spécialité. Son diagnostic sera donc indiscutable.

Je suis sûr à 99 % qu'il va me rassurer et me donner le feu vert.

Je passe l'échographie cardiaque et sa première réaction est prévisible :

« Oui, il y a quelque chose, en effet, mais je vais appeler une consœur qui, elle, est spécialiste de l'échographie cardiaque… sous contraste. »

C'est quasiment le même type d'examen mais avec l'injection d'un produit dans le sang qui permet de mieux voir l'intérieur du cœur. J'ignore que cette échographie cardiaque sous contraste est l'une des plus belles choses que je vais voir de toute ma vie !

L'injection a pour effet d'illuminer le cœur comme une ampoule sur un écran de contrôle ! Spectacle fascinant ! Je reste bouche bée d'admiration. Jamais je n'aurais imaginé voir aussi clairement mon cœur battre en temps réel !

J'en ai les larmes aux yeux et je repense à toutes ces expressions courantes : « avoir un grand cœur », « avoir bon cœur ».

À cet instant, elles prennent toute leur signification.

Le professeur Isnard brise ce silence féerique :

« Oui c'est vrai il y a un petit truc… une dilatation… Peut-être une dysplasie du ventricule droit. »

Je garde les yeux rivés sur l'écran, je maudis ce cœur qui bat en moi, devant moi. Je souris en pensant au double sens du verbe « battre » : il évoque la vie mais aussi la défaite ! Mon cœur bat, je suis vivant. Mon cœur me bat et je perds. Suis-je en train de vivre une défaite ?

L'image se brouille et disparaît. Le professeur Isnard poursuit dans son diagnostic :

« Bon, je vais être franc et honnête avec vous. Avec ce qu'on vient de voir, je serais prêt à vous signer votre licence… Seulement voilà, il y a eu l'IRM cardiaque et le résultat définitif vient de nous arriver et il nous amène effectivement à une suspicion de dysplasie ventriculaire. Donc je ne peux pas vous donner le feu vert. »

Il m'informe ensuite qu'il reste un dernier examen à passer, l'étape finale, qui permettra de lever les derniers doutes, en somme d'avoir un diagnostic définitif. C'est l'angiographie cardiaque.

En résumé, dans la chronologie des examens, il y a le test d'effort, l'IRM, l'échographie avec et sans contraste et enfin l'angiographie.

En fin de compte, les tests et les échographies n'avaient rien d'alarmant ou du moins d'incompatible avec ma carrière, seul le résultat de l'IRM s'est avéré inquiétant, synonyme de danger encouru.

Il faut donc trancher, et l'unique moyen de donner une suite favorable ou non à ma carrière, c'est l'angiographie cardiaque.

En attendant cette ultime intervention, je retourne à Monaco.

Évidemment, sur le plan médiatique, nous devons encore gagner du temps. Un nouveau communiqué annonce que mon transfert à Monaco est différé de quelques jours :

Considérant l'âge du joueur (trente et un ans) et la longueur du contrat (trois saisons), l'ASM veut prendre toutes les précautions et faire subir à l'international des examens poussés dont les résultats ne seront pas connus avant vendredi.

Dans ma chambre d'hôtel, je prends peur, je commence à cogiter et à penser à David Sommeil[2], mon ex-partenaire de Valenciennes.

Je sens l'angoisse pointer dans le regard de mon pote Jérôme, qui ne me lâche pas d'une semelle, comme s'il redoutait un malaise à tout moment :

« Ben ouais Steve, moi je commence à flipper. On n'arrête pas de parler de ton problème cardiaque alors je me sens obligé de te surveiller en permanence ! En plus, tu ne dors presque plus depuis deux jours, je ne veux pas te laisser seul, j'ai toujours peur que tu t'écroules brutalement devant moi… »

Après une nuit agitée et presque sans sommeil, j'apprends que je dois repartir à Paris dans l'après-midi, à la Pitié-Salpêtrière, pour convenir d'une date pour l'angiographie cardiaque.

Mais surprise à mon arrivée à l'hôpital, le professeur Isnard m'annonce mon hospitalisation immédiate, l'examen final aura lieu le lendemain matin par le professeur Ederd.

Moi qui m'attendais à une simple prise de rendez-vous pour la semaine suivante, moi qui me préparais à retrouver le soir même ma femme et mes enfants à Angers ou à Caen, je suis mis devant le fait accompli et contraint de rester dans cet hôpital !

Le stress m'envahit de plus belle. C'en est trop, je suis épuisé moralement et affaibli physiquement. Entre les longues heures d'attente à Monaco sans la moindre activité et toutes ces consultations dans différents centres hospitaliers,

---

2. Le 20 août 2008, David Sommeil est victime d'un malaise cardiaque durant une séance d'entraînement avec Valenciennes. Il tombe dans un coma profond durant quinze jours et se réveille le 4 septembre. Il est ensuite en rééducation dans un centre de Lille. Sa carrière de footballeur s'est définitivement terminée à trente-quatre ans.

je perds tous mes repères, désorienté comme un fauve en cage.

Le professeur me donne quartier libre pendant une heure avant l'hospitalisation. Je file acheter une brosse à dents, un caleçon, un tee-shirt... Et je chauffe mon portable pour surmonter ma peur : j'appelle ma femme, mes amis... J'ai besoin de parler, d'oublier, d'être rassuré, de rire. Cette terrible impression d'aller vers l'inconnu, cette sensation de danger, je tremble comme si je m'apprêtais à passer ma dernière heure de liberté, ma dernière heure de vie normale avant l'isolement.

J'agis et je réagis comme un condamné à une peine inconnue, indéterminée. Mes idées se troublent, mon avenir à court terme s'assombrit, que se passera-t-il demain ? Vais-je revenir dans le monde des vivants ? Je me dis qu'il y a eu un avant et que l'après est indéfinissable, aléatoire, incertain.

Je passe une nouvelle nuit d'enfer, dans une chambre de la Pitié-Salpêtrière, mais l'angiographie se déroule le lendemain à 8 heures dans un autre hôpital... au Kremlin-Bicêtre.

Pourquoi faire simple quand on peut faire compliqué ?!

Et me voilà à 6 h 30, vendredi matin, sur un brancard, nu comme un ver sous une blouse, avec de charmants petits chaussons bleus, embarqué dans une ambulance direction l'hôpital du Kremlin-Bicêtre.

Scène épique : durant le transfert, je signe des autographes aux ambulanciers fans de foot.

Une heure plus tard, je suis allongé sur le bloc opératoire. Il ne s'agit pas d'une intervention sous anesthésie générale, seulement locale, donc je vais rester éveillé durant toute l'intervention.

Soudain, un petit homme à lunettes avec une petite barbe fait son entrée avec deux assistantes. C'est lui ! Le professeur Ederd.

Il me salue et se lance dans une explication détaillée, point par point, de l'intervention. On a retiré ma blouse et je l'écoute un peu gêné dans le plus simple appareil, seul un minuscule drap stérile recouvre l'aine.

Le professeur Ederd me raconte précisément le déroulement de l'angiographie en m'avertissant que, par moments, la douleur peut être intense.

« Comment ça intense ? Sur une échelle de 1 à 10, combien ?

– Eh bien, ça peut atteindre… euh… 10 »

Et il porte le coup de grâce en m'annonçant que l'angiographie va durer… trois heures !

Paradoxalement, alors que je redouble d'inquiétude, je me sens à l'aise, j'ai confiance en lui. Je sais que c'est le meilleur spécialiste, et son tact, sa gentillesse, ses mots et ses explications m'apaisent.

***

L'intervention commence avec l'introduction d'un premier cathéter dans l'aine. En même temps, je remarque plein de gens entrer et sortir du bloc opératoire. J'interroge l'une des assistantes sur la raison de cet incessant va-et-vient.

« Vous savez, le professeur Ederd pratique ce genre d'intervention très rarement et donc quand c'est le cas, plusieurs médecins viennent le voir à l'œuvre car c'est une référence, une sommité !

– Ah, j'ai de la chance alors… mais ça fait combien de temps qu'il n'a pas opéré ?! Non j'déconne… »

Le second cathéter est en place, plus exactement le « guide » du cathéter, l'embout qui va permettre de parcourir mon corps jusqu'au cœur.

J'observe la progression de ce micro-espion sur un écran placé à ma gauche. Contrairement à l'échographie, on ne visionne pas un film mais une succession de clichés, d'images fixes. Le spectacle est tout aussi ahurissant : je vois, à l'intérieur de mon corps, une espèce de fil progresser, avancer, monter en moi. Je ne sens rien, j'observe l'évolution du cathéter.

« Ca y est, on est dans le cœur !

– Comment ça, on est dans le cœur ?

– Eh bien, le "guide" est en place… dans votre cœur.

– Mais c'est dingue ! Vous êtes dans mon cœur là ?! C'est fou ! »

Je manifeste mon émerveillement comme un gamin ! Je suis allongé sur un bloc opératoire, conscient et un professeur est en train de se connecter avec mon cœur ! Et j'assiste en direct à cette connexion interne !

« Maintenant, on va faire pareil avec le deuxième cathéter…

– C'est incroyable ! C'est magnifique ! Franchement, professeur, vous me faites vivre quelque chose de fabuleux ! »

Je ne ressens toujours aucune douleur, plutôt une impression de lourdeur. Le professeur Ederd m'avait prévenu d'un risque de nausées durant l'angiographie. Pour l'instant, c'est supportable.

Voilà seulement quarante-cinq minutes que l'opération a débuté. Je râle en silence en pensant qu'il reste encore plus de deux heures !

Soudain le professeur me met en garde :

« Attention, là ça va être douloureux !

– Comment ça douloureux ?

– Disons que vous allez avoir la sensation de brûler de l'intérieur. De la pointe des orteils jusqu'aux cheveux, vous aurez l'impression de prendre feu pendant dix secondes… Et puis vous aurez peut-être envie de vomir. Dans ce cas, basculez la tête sur la gauche et toussez très fort trois ou quatre fois et ça passe ! »

J'esquisse un sourire car je me remémore aussitôt les soirées bien arrosées avec les copains où l'excès d'alcool provoque souvent des envies de vomir et je me dis, tiens, voilà une astuce à révéler aux potes ! « Tourner la tête à gauche, tousser plusieurs fois très fort et comme par miracle, l'envie de vomir disparaît ! » À bon entendeur…

À peine le temps de savourer cette info pratique que je ressens soudainement une douleur abominable : comme une boule de feu, la sensation d'être envahi par des flammes ! Imaginez que vous allumez un briquet et que vous placez votre doigt juste au-dessus, eh bien c'est exactement la même douleur qui se propage dans tout votre corps !

Et je compte les dix secondes à voix basse, tout en inclinant la tête vers la gauche en toussant.

« Ca va ? Ça s'est bien passé ?

– Oui ça va…

– Bon, ça, c'était le test, maintenant il en reste cinq comme ça !

– Oh pute… de merde ! »

En fait, cette douleur profonde provient d'une injection réalisée pour calculer l'épaisseur des parois du cœur.

Incroyable ce qu'on arrive à faire aujourd'hui : calculer l'épaisseur des parois du cœur…

Pendant l'examen, je pense à ma femme, à mes enfants, à mes parents, à mon frère et mes sœurs, à mes amis, mes partenaires… Des tonnes de souvenirs resurgissent à la vue de ce cœur qui s'emballe sur l'écran. Je redoute à tout moment qu'il cesse de battre sous les coups d'injections répétées. Je me dis que la vie tient à un fil, à ce fil qui glisse en moi. Je respire peut-être pour la dernière fois, je peux « basculer » à chaque instant.

Et cette pensée obsessionnelle de mes proches : ai-je pris toutes les précautions pour leur bien-être si je viens à quitter ce monde ?

J'ai beau être rassuré en permanence par les paroles douces de ce professeur, je suis trop conscient du risque de la situation endurée.

Survient une multitude de questions existentielles : ai-je été un homme bon ? Ai-je dit « au revoir » à tous ceux que j'aime ?

Je ne suis pourtant pas « croyant » mais je crois à ces fameuses « dix secondes » après la mort. Ce laps de temps où toute sa vie défile, où l'on revoit tous les gens que l'on a croisés. Dix secondes de mémoire, de bilan d'une vie juste avant la mort. Dix secondes qui permettent de répondre à cette question élémentaire : est-ce que ma vie a été positive ou négative ? C'était bien ou ce n'était pas bien ?

À cet instant s'opère aussi un dédoublement de la personnalité : il y a le Steve qui subit l'angiographie et le Steve qui observe attentivement l'intervention, les yeux rivés sur l'écran tout en écoutant le professeur Ederd. Et ces deux Steve ont peur.

Immobilisé, impuissant, inactif, je suis animé d'une rage violente. Tous ces événements de la semaine m'ont permis de rencontrer des gens extraordinaires. Si par bonheur je reviens sur un terrain, ma motivation sera décuplée, le plaisir de jouer encore plus fort.

J'espère tellement un dénouement positif, j'ai gagné un temps si précieux dans mon intégration monégasque que je me sens redevable envers mon nouveau club et toutes les personnes dirigeantes qui le composent.

Cette expérience unique et inoubliable de l'angiographie cardiaque se termine au bout de deux heures et quarante-cinq minutes.

Le professeur Ederd ne me livre aucun diagnostic : ni oui ni non.

Il me faut patienter quelques heures avant le compte rendu final.

Bizarrement, je me fiche du résultat. Les examens sont terminés, c'est l'essentiel.

Soit je reprends le foot avec encore plus d'envie, des certitudes et des garanties sur mon état physique, soit j'arrête ma carrière et je serai beaucoup plus fort psychologiquement. Dans tous les cas, ce ne sera que bénéfique ! Après tout, je dispose désormais d'un bilan de santé complet et en dehors de ce problème cardiaque, je ne souffre de rien d'autre... Pour l'hypocondriaque que je suis, c'est une aubaine !

On m'a aussi pratiqué une biopsie pour déceler un éventuel problème génétique, je ressors donc avec un vrai bilan de santé familial.

***

De retour en fin de matinée à la Pitié-Salpêtrière, j'appelle Karine. Elle souhaite me rejoindre à l'hôpital. J'hésite, je sais qu'elle s'inquiète, je la rassure, tente de la convaincre de rester avec les enfants. Mais finalement, j'accepte qu'elle vienne au plus vite.

J'ai trop besoin d'elle et je tiens à ce qu'elle soit là pour le « verdict ».

En raccrochant, je fais mon mea-culpa : Karine a toujours été là et je ne m'en suis pas toujours rendu compte. Elle a vécu mes bonheurs, mes malheurs, les zigzags de ma carrière. Elle a subi, contrainte et forcée mais comment les a-t-elle vécus ? M'en suis-je vraiment soucié, n'ai-je pas été trop égoïste ?

De nouveau, toutes ces remises en question sur ma vie, sur celles et ceux qui m'accompagnent, m'épaulent depuis toutes ces années.

Suis-je un bon père ? Est-ce que mes enfants sont heureux ? Suis-je assez présent pour eux ? Ai-je été aussi un bon fils ? Vaste autocritique sur trois décennies d'existence !

Et la famille, les potes qui m'entourent ? Est-ce que je me suis autant intéressé à leur vie qu'eux à ma carrière ?

Mon frère, mes sœurs ? N'ai-je pas fait preuve de suffisance à leur encontre de par ma profession et ma réussite footballistique ? Sacré cas de conscience ! Me suis-je préoccupé de leur travail, de leurs enfants autant qu'ils se sont passionnés pour mon parcours ?

Je repense à cette surmédiatisation dont je fais l'objet et dont mon entourage a pu pâtir. J'espère qu'il ne me tient pas rigueur de l'avoir délaissé et snobé inconsciemment mais trop souvent.

À tous mes amis, parents et proches, je demande pardon d'avoir été un centre d'intérêt, sous les feux des projecteurs en les laissant autour de moi, un peu trop dans l'ombre. Je réclame une forme d'indulgence de leur part pour cet individualisme trop prononcé.

Le temps est révolu de vivre à sens unique. Je me dois de rétablir une circulation à double sens dans mes rapports familiaux et amicaux. L'autocritique accouche d'une grande résolution : prendre un peu plus le temps de penser aux autres.

Je suis marqué aussi par le personnel hospitalier et le corps médical qui se dévouent chaque jour pour des gens qu'ils ne connaissent pas.

Rendre service, se dévouer, sauver quelqu'un ou simplement l'accompagner dans des moments difficiles. Certes, c'est un métier mais ce don de soi pour quelqu'un d'autre me fascine et prolonge ma réflexion. Je m'aperçois que je n'ai jamais accompli un acte de bravoure pour qui que ce soit. Ce constat m'ouvre les yeux sur tout ce qui est futile et précieux.

***

Karine entre dans la chambre vers 15 heures.

Trente minutes plus tard, le professeur Isnard arrive à son tour.

« Bon, monsieur Savidan. D'abord je voudrais vous féliciter pour votre comportement exemplaire tout au long de cette semaine. Sincèrement, je n'ai jamais vu un sportif de haut niveau réagir de la sorte face à de tels événements, poser les bonnes questions et accepter les réponses parfois brutales. Vous avez toujours pris le recul nécessaire, psychologiquement, vous avez été courageux, à la fois détaché et impliqué dans tous les examens… Franchement chapeau !

« Bon, maintenant, je vais être direct avec vous : je crois que l'arrêt de votre carrière est définitif. »

Je regarde le professeur Isnard, j'accuse le coup mais immédiatement, je reprends pied et l'interroge :

« Mais, c'est grave à quel point ? Est-ce qu'il y a des risques dans la vie de tous les jours ? Des traitements, des opérations à prévoir ?

– Non, il n'y a rien de grave ni de risqué au quotidien… Le seul traitement, c'est l'arrêt de votre carrière… Simplement, le sport intensif, donc le football de haut niveau, c'est TERMINÉ !

Nous avons une forte suspicion de DVDA et aucun médecin ne vous signera une licence professionnelle. Cette anomalie est apparue à un instant T, elle a pu grossir avec le temps. Le risque d'un accident cardiaque sur un terrain pendant un match est réel. Et qui dit risque, dit STOP !

Je ne réalise pas du tout ce qui m'arrive. Je prends une gifle monumentale. Je suis K.-O. Tout se brouille : ma lucidité et mon sens des priorités. Toutefois, mes répliques se veulent encore cohérentes : je questionne le professeur sur les précautions à prendre désormais, sur les activités physiques que je peux encore exercer.

Est-ce que mes enfants, mes parents, frère, sœurs, cousins doivent subir à leur tour des examens cardiaques si le problème est génétique ?

J'ai toujours réagi comme ça, je prends acte d'une information, si capitale soit-elle, et je réfléchis après. Je ne mesure les conséquences que bien plus tard.

Au fond de moi, j'attendais une réponse catégorique : OUI ou NON, puis-je poursuivre ma carrière ?

La réponse est tombée. Maintenant je sais.

« J'arrête le foot », cette conclusion glisse sur moi sans m'atteindre…

« J'arrête le foot » : oui bon d'accord, mais je suis vivant, tout va bien. J'échappe à une condamnation, je recouvre la liberté quoi !

« J'arrête le foot… J'ARRÊTE LE FOOT… Oh, putain merde ! C'est vraiment fini ! »

Et dire que deux cent vingt-huit jours avant, je nageais en plein bonheur avec un rêve secret et pas totalement irréalisable : jouer la prochaine Coupe du monde.

L'Appel des Bleus
1

Steve Savidan, l'homme de trente ans aux jambes de vingt ans a été appelé en équipe de France par Raymond Domenech pour le match amical contre l'Uruguay mercredi prochain au Stade de France. Quelle incroyable destinée pour ce joueur qui était encore éboueur il y a dix ans et qui entre aujourd'hui dans le monde des Bleus...

Jeudi 13 novembre 2008 : J-6

Déjà à l'entraînement, le jeudi matin, mes partenaires de Caen sont persuadés que je vais être appelé en équipe de France. Depuis plusieurs jours, la presse avance mon nom, ou du moins prévoit une surprise dans la liste des Bleus.
Personnellement, je n'attends rien, je n'espère rien de peur d'être déçu une fois de plus...
À l'issue de l'entraînement, je rentre chez moi.

Je sais pertinemment que les noms seront dévoilés vers 13h30. Sans doute qu'inconsciemment je veux m'isoler, dans ma bulle, seul auprès de mon second fils, Marius. L'aîné, Joris, est à l'école et ma femme est allée faire du sport avec ses amies.
Je me dis qu'à l'heure H je vais me brancher sur L'Équipe TV ou Infosport pour découvrir si, oui ou non, mon avenir se colore en bleu.

Je me blottis contre mon petit qui dort à poings fermés, et très vite, me voilà aussi plongé dans les bras de Morphée… Une heure ? Peut-être deux heures de sieste ? Je l'ignore. Je sais seulement que la sonnerie de mon portable m'a réveillé… Je rectifie : LES sonneries car mon téléphone était en surrégime !
Je regarde ma montre : 14h30. Je prends très vite conscience que cette avalanche d'appels augure de bonnes nouvelles, de grandes nouvelles.
J'Y SUIS ! C'est sûr, je suis dans la liste…
Mélange d'excitation et de peur. Et ces mélodies téléphoniques qui se répètent inlassablement, obsessionnellement ! Étrange sensation : j'ai la conviction que ce ne peut être que ça mais je cherche une autre raison : et si tous ces appels étaient des témoignages de compassion du genre : « Alors ? Pas trop déçu ? Pfff il n'a rien compris Domenech, t'es le meilleur ! »

Non, ce n'est pas possible, ça ne peut être qu'une bonne nouvelle.

Mais je doute : être ou ne pas (y) être. La réponse est sur mon répondeur que je refuse pourtant de consulter.
Encore un appel.
Enfin je décide de cesser d'être aussi masochiste et je jette un œil sur mon téléphone. Un nom s'affiche : Alexandre Lucas.
C'est le responsable média du Stade Malherbe de Caen.
Je décroche :
« Steve, c'est bon ! T'es en équipe de France !
– (Silence) Alex, je te rappelle. »

Et je raccroche. Je me précipite dans le salon et j'allume la télé. Un déroulant en bas de l'écran :

Steve Savidan appelé en équipe de France pour le match amical contre l'Uruguay.

Il me fallait une confirmation, je l'ai.
Je retourne près de mon fils, toujours endormi. Sans le réveiller, je le prends dans mes bras, je le serre très fort contre moi, je l'embrasse et je pleure.

Soudain, des souvenirs rejaillissent. Des mauvais souvenirs, toutes ces années de galère ! À cet instant précis où je viens d'apprendre ma convocation en équipe de France, je ressasse mon parcours. Je n'ai jamais été revanchard dans ma vie mais là, je me remémore toute cette sombre période et je me dis : « Tu y es arrivé ! »

***

J'essaie de joindre Karine. Son portable est débranché, je lui laisse un message : « Faut que tu rentres tout de suite, je suis en équipe de France ! C'est un truc de dingue ! Rentre vite ! »
L'attente est interminable, je tourne en rond dans la maison, j'ingurgite café sur café, je ne tiens pas en place. Je n'écoute même pas mes messages (le répondeur est déjà saturé : soixante-sept messages vocaux et deux cents SMS : capacité maximale atteinte).
Je n'ai aucune envie de rappeler qui que ce soit. Je veux d'abord partager mon bonheur avec ma femme, d'abord avec elle et rien qu'avec elle.

Vingt minutes plus tard, la voilà enfin de retour, sans réaction apparente.
Je l'interroge :
« Tu n'as pas écouté ton répondeur ?
– Ben non, je l'avais éteint, je ne l'ai pas rallumé. Que se passe-t-il ?
– Je suis en équipe de France ! »

Nous nous enlaçons, sans voix et nous pleurons.
Au bout d'un moment, elle brise le silence :
« Je suis vraiment heureuse. Tu l'as fait. Ta chance est là… »

Alors que beaucoup auraient vu en ce jour une consécration, un aboutissement, pour Karine et moi, cette convocation est un premier

accomplissement, une étape suprême mais pas la ligne d'arrivée.
Le téléphone continue de sonner mais je ne décroche toujours pas. Je veux prolonger ce moment sacré avec la femme que j'aime et qui a tout partagé avec moi, le meilleur comme le pire.
Un peu plus tard, la réalité me rattrape, plus exactement les « obligations » dans de telles circonstances. Parmi tous les appels, Alex Lucas se veut le plus insistant. Au siège du Stade Malherbe de Caen, c'est l'ébullition, tout le monde m'attend. L'après-midi s'annonce intense.

Une conférence de presse est prévue. Voilà bien longtemps que Caen n'a pas eu dans son effectif un joueur appelé chez les Bleus et il faut le clamer haut et fort. Ma convocation devient une récompense collective. Mon seul désir est de rester auprès des miens, en famille, mais je me soumets à ce battage médiatique qui s'inscrit dans la logique d'une politique de club.
C'est vraiment par amitié pour Alex que j'accepte de me rendre à cette réunion. Je n'y suis d'ailleurs pas très à l'aise, car cette jubilation personnelle se transforme sur place en une victoire de groupe, celle d'une équipe : le Stade Malherbe de Caen ! Les questions tournent autour de Caen. Bravo à ce club qui peut désormais se vanter de fournir à la France un grand attaquant. Quelle fierté pour la Normandie de pouvoir servir le pays.

Ce rendez-vous avec les média est une corvée, un supplice. Toute la presse écrite régionale est présente ainsi que les radios locales et nationales. Je pèse mes mots, prends garde à toutes mes réponses, qu'elles soient… politiquement correctes. Mon discours est exceptionnellement formaté. L'intérêt du club est prioritaire et je m'y plie bon gré mal gré…

Attention, comprenez-moi bien, ce n'est pas le fait de partager cette récompense qui m'agace, c'est cette appropriation forcée qui me révolte. Évidemment, je la dédie volontiers, cette convocation tricolore, mais je voudrais que ce soit uniquement à mes proches, ma famille, mes amis, tous ceux qui me sont chers, sans oublier bien sûr mes partenaires, qui ont tellement contribué à ma destinée.
Je me sens même comme un chef de tribu. La tribu des trentenaires, ceux qui auraient pu, qui auraient dû, qui auraient mérité de voir la vie en bleu durant leur carrière.

Les heures défilent, cette journée n'en finit plus. Je me demande si ce rituel médiatique est identique pour des stars comme Thierry Henry, Karim Benzema ou Nicolas Anelka… Est-ce qu'eux aussi doivent passer par ce cérémonial ? Est-ce un passage obligé à chaque convocation en équipe de France ? Ou bien est-ce aussi long pour moi parce que c'est la première fois ? Est-ce que ça fait vraiment partie de notre travail ?
Je suis persuadé que nous, footballeurs, ne sommes pas formés pour communiquer de la

sorte. D'ailleurs, on ne nous apprend pas à nous exprimer en public. Nous ignorons les codes. Le *media training* n'existe que pour les chefs d'entreprise, les hommes politiques mais pas pour les footeux. J'essaie toujours de répondre naturellement, spontanément mais mon discours est-il réellement adapté à ce que les gens attendent, à ce qu'ils veulent entendre ?

À 21h30, je dis STOP. Je demande à Alex Lucas de mettre fin à cet interrogatoire. Ma garde à vue journalistique est terminée. Je suis libéré.
Ce n'est que plus tard dans la soirée, de retour à la maison, que je consulte enfin ma messagerie. Depuis que je joue au foot, je n'ai jamais changé de numéro. Parmi tous les messages de félicitations, il y en a donc qui proviennent de vieilles connaissances. Des potes de longue date, mais aussi, à ma grande surprise, de certains qui, il y a quelques années n'avaient rien fait pour m'aider et qui aujourd'hui se réjouissent de ma réussite.
Je me dis : « Ils sont gonflés quand même ! », et en même temps, ça m'interpelle : tous ces gens qui n'ont pas cru en moi ont pourtant conservé mon numéro depuis toutes ces années ! Pourquoi garder les coordonnées d'un jeune footballeur voué à l'échec ? Conservaient-ils, malgré tout, un mince espoir de me voir un jour sortir du tunnel ?

Je n'ai pas pu répondre à tous les messages. Si la plupart se ressemblaient dans la forme (et c'est bien normal), je me souviens de celui de Bernard Lions, mon ami journaliste à *L'Équipe*, car il a toujours su qu'un jour je serai convoqué. Mes potes d'Angers, de Valenciennes, de Corse, d'anciens coéquipiers dont je n'avais plus de nouvelles. Je trouve ça cool et j'enregistre leur numéro. Il y a aussi le texto de Jean-Pierre Papin (il voulait m'engager lorsqu'il entraînait Lens) qui m'écrit : « Bravo ! Maintenant tu sais ce qu'il te reste à faire… » ; Antoine Kombouaré, mon ancien entraîneur de Valenciennes, avec qui j'ai toujours entretenu une relation très forte. Nous avons beaucoup de points communs. Notre enfance, nos parcours respectifs et nos échanges vont bien au-delà de l'aspect footballistique.

Et puis il y a un mystérieux MD qui me félicite par texto. Je réponds : « C'est qui ? », et il me renvoie : « Michel Denisot », mon ancien président à Châteauroux. Ça me touche beaucoup.

Mais de tous les messages, le plus beau, le plus symbolique, le plus merveilleux fut sans doute celui-ci : « Je suis fier de toi, je suis fier d'être ton père. »

Le premier signe paternel depuis deux ans.

2

De l'enfance à la formation

Mon père s'appelle Thierry. C'est un ancien pompier de Paris reconverti facteur à Angers et également joueur de foot amateur. Il a évolué en troisième division au SCO d'Angers mais n'a jamais pu devenir footballeur professionnel. Sans doute parce qu'il n'avait pas vraiment la discipline requise. C'est son grand regret et il me l'a souvent fait ressentir.

Il rêvait de participer aux heures de gloire de l'équipe angevine, celle qui au début des années 1970 s'est illustrée en participant à la Coupe d'Europe, en finissant quatrième du championnat de première division. Elle comptait dans ses rangs l'un des piliers de l'équipe de France : Jean-Marc Guillou, et l'un des plus grands buteurs de l'histoire du football hexagonal : Marc Berdoll, auteur de quelques exploits retentissants comme un quadruplé lors de la saison 1973-1974 face au mythique gardien de l'AS Saint-Étienne, Ivan Curkovic. C'était l'époque où le SCO d'Angers totalisait cent vingt-huit buts dans une saison dont vingt-neuf du seul et même Berdoll. S'ensuivit hélas un long déclin. Jamais la formation angevine n'a pu réécrire d'aussi belles pages de foot.

***

Lorsqu'il épouse ma mère, Louisette, celle-ci est déjà maman de deux filles : Pascale et Laurence, qui sont donc devenues à ma naissance mes demi-sœurs. Plus tard sont nés Wesley, deux ans de différence avec moi, puis Jennifer, avec qui j'ai dix ans d'écart.

Nous avons tous reçu une éducation paternelle extrêmement stricte. Aucune sortie autorisée si ce n'est pour aller voir jouer mon père le dimanche. Lorsque mes parents vont faire les courses le samedi après-midi, nous attendons sagement dans la voiture, sur le parking du centre commercial. Aujourd'hui, c'est un acte d'inconscience totale de laisser ses enfants dans la voiture. Pour nous, c'était la règle chaque semaine.

Autre rituel impensable de nos jours, il m'arrivait de prendre le bus du haut de mes six ans pour aller à l'école avec mes sœurs à peine adolescentes. C'était courant et banal dans les années 1980.

Aujourd'hui, mes parents seraient pointés du doigt pour une telle irresponsabilité !

Les tout premiers signes d'affection de mon père, je les ressens à l'âge de cinq ans et dans des circonstances dramatiques. C'est la veille de Noël, il doit aller chercher des amis et j'insiste pour l'accompagner.

Sur la route de Laval, mon père est soudain aveuglé par les phares d'une voiture venant de la voie opposée, c'est l'accident. Je traverse le pare-brise avant. C'est de là que me vient le surnom de Superman, matérialisé par un caleçon à son effigie, que je portais souvent lors des matchs !

Les secours arrivent, je pleure, je crie, mon visage est en sang. Léger traumatisme crânien, heureusement sans gravité.

Je revois mon père totalement paniqué, il est présent à mes côtés, me rassure, me réconforte, me serre dans ses bras. Premier souvenir d'affection de sa part, c'est l'un des seuls de mon enfance.

Durant les premières années de ma vie, je grandis dans un quartier populaire d'Angers, Notre-Dame-des-Champs, tout près d'un terrain de foot. Mais hormis dans la cour de récréation, je ne joue pas vraiment au ballon. Ma passion c'est surtout le vélo. Nous occupons une HLM, tout près du quartier Verneau, devant un supermarché, donc plus besoin d'attendre les parents dans la voiture…

L'école est à moins de dix minutes à pied, neuf minutes trente secondes chrono à la cadence d'un enfant de six ans.

Mon père avait minutieusement calculé le temps de marche et si j'arrivais avec une petite minute de retard, j'essuyais au mieux une réprimande, au pire une correction !

Impossible donc de m'évader, de flâner, de rester un peu devant la grille de l'école avec les copains qui, du coup, ne sont pas nombreux…

***

En 1986, nouveau déménagement : mes parents achètent une maison dans la périphérie nord-ouest d'Angers, à Avrillé. Aujourd'hui c'est un quartier qui fait partie intégrante de la ville mais dans les années 1980, c'était la campagne, loin de tout, avec seulement quelques bus pour accéder au centre-ville.

Environnement radicalement différent, adieu les grands immeubles, bonjour la forêt avoisinante et à peine une vingtaine de maisons autour de la nôtre.

On est les « beaufs » du quartier avec toute la panoplie requise ! Deux bergers allemands qui aboient sans cesse derrière des grillages abîmés et rouillés et une Citroën CX…

On est considéré comme les « manouches » du coin, entourés de voisins bourgeois : un docteur, un avocat, un assureur…

Mes parents avaient l'argent nécessaire pour accéder à la propriété mais ils n'ont jamais eu les moyens financiers pour rénover la maison et terminer les travaux extérieurs. Il y a toujours eu cet énorme talus de terre, sorte d'amas de gravas devant l'entrée !

Nous avons quand même un grand jardin et suffisamment de pièces pour loger toute la famille : une chambre pour les filles et une autre pour les garçons.

Ma mère, couturière de métier, fabrique la plupart de nos vêtements : de beaux joggings fluos, des sous-pulls de couleurs vives et les fameux blue-jeans reprisés au niveau des genoux !

On n'est pas riche mais débrouillard, même si je sens un immense décalage culturel. Mes sœurs, au collège, prennent vraiment conscience de ce fossé intellectuel.

À Avrillé, je peux enfin m'adonner à mon passe-temps favori : le vélo.

Sur une selle, je me sens libre, moins surveillé, moins contrôlé par mon père. Parfois, je prête mon vélo à mon copain Romuald et je cours à côté de lui. J'éprouve déjà tout jeune le besoin de dépenser toute cette énergie débordante. Mon petit frère nous accompagne et ensemble, nous grimpons aux arbres, nous jouons dans les pavillons en construction, nous montons dans les engins de chantier que nous essayons de démarrer.

C'est aussi l'âge des premières bêtises : je vole des malabars dans les magasins en sachant le risque encouru. Si je me fais prendre, ce n'est pas le commerçant qui me fera mal, c'est mon père.

À huit ans, je découvre enfin le plaisir d'un ballon de foot je prends ma première licence à l'ASPTT, qui se trouve à l'autre bout de la ville, à La Roseraie. Il me faut environ une heure de bus pour y aller. Avrillé étant la première station de la ligne, La Roseraie son terminus.

Je m'y rends tous les mercredis et samedis après-midi et ça me plaît car c'est une échappatoire familiale, un défouloir, un autre grand moment de liberté.

Et l'école dans tout ça ? Ça ne m'intéresse pas du tout !

Pas question de pratiquer l'école buissonnière, je ne rate aucun jour d'école, mais j'ai du mal à me concentrer en classe. Rester assis des heures est un supplice pour l'enfant hyperactif que je suis.

Et je me braque avec tous mes profs ! Certains me le font payer à leur façon, comme ce méchant M. « Asvelos », qui me tape souvent sur les doigts avec sa règle carrée, chaque fois que je ronge mes ongles d'impatience !

Très dissipé, je suis le clown de la classe et je deviens provocateur.

La seule personne devant laquelle je ne bronche pas est mon père.

Tous les autres adultes, surtout ceux qui représentent l'autorité, ne m'effraient pas le moins du monde. Je prends un malin plaisir à leur tenir tête. Je les défie sans cesse du regard mais jamais verbalement. Pas de paroles déplacées ni de répliques grossières ou vulgaires.

J'ai si peur de mon père, qu'une fois sorti de la maison, je me sens quasiment intouchable, invincible devant qui que ce soit.

Ce qui est très paradoxal, c'est que l'autorité paternelle si prononcée ne s'exerce pas dans tous les domaines. En football, par exemple, je n'ai pas le souvenir qu'à mon plus jeune âge mon père se soit montré particulièrement exigeant envers moi.

Quant à ma scolarité, bizarrement aussi, peu importe si je ramène des mauvaises notes. Mes parents sont parfois convoqués par les professeurs au sujet de mes résultats ou de mon attitude mais je ne subis aucune punition à leur retour.

L'important pour mon père, c'est d'être sage et discipliné à la maison. J'assimile aussi très vite les codes de politesse : bonjour… merci… s'il vous plaît…

En réalité, je ne sais pas ce que mon père attend de moi. Je suis souvent son bouc émissaire, je subis ses colères, je reçois sa violence sans raisons majeures. Je suis son punching-ball et les coups s'abattent sur moi pour un prétexte quelconque.

Lors des repas, on ne parle pas, on mange, tout juste a-t-on la permission d'écouter. Interdiction aux enfants de prendre la parole. Même une question n'appelle pas forcément une réponse. Déroger à la règle nous expose à un bel aller-retour. Oh, pas de sévices corporels, simplement une bonne gifle balancée spontanément pour avoir osé sourire, parler ou soutenir un peu trop longtemps le regard du père.

Le rôle des parents est clairement défini : maman protège ses enfants en silence mais ne va jamais à l'encontre d'une décision de son mari. C'est lui qui commande, dicte et distribue les gifles.

Quand la foudre s'abat sur moi, je ne pleure pas, je serre les dents et fixe mon père droit dans les yeux, ce qui provoque souvent une « deuxième couche ».

Je ne baisse jamais les yeux, j'encaisse et je me blinde.

Comme je suis un enfant très turbulent, je mesure parfaitement le risque de représailles face à mon père, jusqu'au jour où l'évaluation de la colère devient impossible, quand la violence physique se répète non plus à cause d'une simple bêtise d'enfant mais en raison d'une addiction de plus en plus forte chez mon père : l'alcool.

***

À la fin des années 1980, mes parents n'ont plus les moyens d'être propriétaires. La maison est trop chère à entretenir, alors ils la vendent pour redevenir de simples locataires. Nous déménageons dans le quartier de Monplaisir. Dès lors, la famille se disloque peu à peu.

Le jour des dix-huit ans de ma sœur aînée, Pascale, nous l'attendons tous à la maison pour fêter son anniversaire. Mon père compte lui offrir le permis de conduire pour sa majorité. Pascale n'est jamais rentrée, n'a plus donné signe de vie pendant des mois. Seules ma mère et mon autre grande sœur, Laurence, ont eu quelques nouvelles rassurantes. J'ai su, qu'elle vivait dans des squats de la région, je l'ai même revue une fois l'année suivante avant qu'elle ne décide de s'expatrier à des milliers de kilomètres : en Martinique, où elle habite encore aujourd'hui avec ses quatre enfants.

J'avoue que Pascale m'a beaucoup manqué à la maison, malgré ses absences répétées et notre différence d'âge, je l'enviais pour sa facilité à tenir tête à mon père et je l'admirais dans sa quête perpétuelle de liberté à laquelle elle a toujours aspiré.

Mon autre sœur, Laurence, s'en va à Paris poursuivre ses études d'architecte.

Ma petite sœur, Jennifer, vient d'avoir un an, mon frère, Wesley, neuf ans, je veille sur eux, je les protège.

Seules les grandes vacances scolaires nous séparent. Chaque été, mon père tire profit de son emploi aux PTT pour nous envoyer, mon frère et moi, en colonie pour deux mois. Là-bas, c'est l'exutoire, le gamin hyperactif que je suis s'adonne à toutes les activités. Je me défoule, je cours partout. Sans avoir beaucoup de copains, je vis dans mon univers, jamais bagarreur mais pas pleutre non plus.

J'entre au collège et je n'ai qu'une idée en tête : le sport-étude, mais pour y accéder, il me faut absolument passer sans encombre la sixième et la cinquième. Mes bulletins scolaires sont toujours aussi médiocres. En fait, j'avance seul, un peu autodidacte.

Je m'intéresse pourtant aux matières principales comme le français et les maths sans obtenir de très bonnes notes. Évidemment, j'excelle en éducation physique, plutôt doué en dessin, en revanche, je déteste les cours de musique, ce n'est pas à l'école qu'on apprend la musique, c'est bien connu !

À l'aube de l'adolescence, ma curiosité est en éveil, j'ai soif de découverte et j'observe de plus en plus le monde qui m'entoure, les rites, les modes, les attitudes des passants… Et cette curiosité se manifeste chaque mercredi en prenant le bus pour me rendre aux entraînements de foot.

La ligne passe par le centre-ville d'Angers. Assis, le nez collé aux vitres, j'ouvre de grands yeux : je regarde attentivement les jeunes de mon âge, leur tenue vestimentaire, leur dégaine…

Je prends conscience que je suis en décalage par rapport à eux. Est-ce une histoire de moyens financiers, de milieu social ? Ce décalage visuel et culturel me perturbe. J'aimerais changer de look, chausser les dernières baskets à la mode, porter des jeans de grande marque ou le blouson dernier cri !

En quête d'une identité, d'un style, d'un parler aussi, je mémorise les scènes de la vie urbaine et je me fixe comme but d'être en phase avec ma génération. Puis au fil des trajets, je me risque à descendre du bus avant son terminus et à arpenter les rues pour parfaire mon apprentissage. J'apprends les codes de la société, j'ose le contact, j'essaie même comme les garçons de mon âge d'aborder… les filles. Mais que ce soit au collège ou en centre-ville, vu les fringues que je porte et la manière dont je m'adresse à elles, je n'ai aucune chance de les intéresser, encore moins de les charmer. De toute façon, mon attitude vis-à-vis d'elles ne donne lieu à aucune ambiguïté. Je ne suis ni délicat ni dragueur. Pour moi, les filles, ce sont des potes, il n'y a aucune séduction.

J'ai douze ans et seul le sport me passionne. Une petite minette bien apprêtée et toute mignonne ne me provoque aucun effet ! Éventuellement, une nana hypersportive peut détourner mon regard mais c'est pour la mettre au défi de courir plus vite que moi et lui donner une bonne tape dans le dos en signe de reconnaissance !

***

Quelques années plus tard, nous changeons à nouveau de domicile pour louer un appartement à La Roseraie, à une centaine de mètres de mon club de foot.

Pour ma part, c'est toujours le sport-étude qui symbolise la liberté. Je suis en classe de cinquième et en fin d'année scolaire, je passe le test d'entrée en compagnie de Karim Aït Khama (aujourd'hui joueur de l'équipe de France de futsal). Première grosse désillusion, nous ne sommes pas retenus. Je vis cet échec comme une injustice.

J'ai le sentiment d'être victime de discrimination car Karim et moi, nous venons du même quartier, d'un quartier difficile qui jouit d'une trop mauvaise réputation.

Dégoûté, mais revanchard, je passe en quatrième et je choisis l'allemand comme seconde langue, histoire de conjurer le mauvais sort. Je connais les idées reçues selon lesquelles les classes d'allemand regorgent de bons élèves et d'un fort pourcentage de... filles.

Double avantage donc pour moi : le niveau général est meilleur donc je serai peut-être tiré vers le haut et le fait d'être entouré d'une majorité féminine favorise ma libido naissante d'adolescent.

Seulement voilà, si je suis toujours un modèle d'assiduité, les résultats ne sont guère brillants, je suis nul en allemand et toute la classe s'aperçoit très vite que je n'ai rien à faire parmi les « intellos ».

Mais je m'accroche laborieusement au wagon des grosses têtes, je passe en troisième grâce au sport, en obtenant tout juste la moyenne dans les autres matières. Mais plus que jamais, je me tourne vers le football. J'ai quitté l'ASPTT pour rejoindre l'Intrépide d'Angers avec Karim.

En dehors du collège, les mauvaises fréquentations et le manque d'argent m'incitent à commettre quelques bêtises. C'est ainsi que je vole deux roues de bicyclette, un cadre en aluminium, un guidon. J'assemble le tout, un coup de peinture et me voilà avec un nouveau et beau vélo !

Puis, l'envie d'être enfin motorisé me pousse à voler des mobylettes que je « maquille » instantanément. Je veille à les planquer à un kilomètre de chez moi pour éviter toutes interrogations policières ou paternelles.

À la maison, c'est toujours la discipline maximale imposée par mon père. Des heures fixes pour les repas. Interdiction de parler à table sauf lorsqu'il nous en donne l'autorisation et dans ce cas, c'est uniquement pour répondre à l'une de ses questions, jamais pour converser entre frère et sœur.

Mon père reproduit ce qu'il a vécu dans son enfance, aucune liberté d'action et d'expression avant la majorité.

Wesley, Jennifer et moi attendons chaque jour avec impatience la grande messe du journal de 20 heures, que mon père ne rate jamais, pour se réunir dans la chambre et enfin se raconter notre journée, se confier nos petites anecdotes. Parfois, nous invitons notre mère pour lui faire partager nos confidences.

Mais nous prenons garde de parler doucement, de ne surtout pas rire aux éclats et encore moins d'écouter de la musique...

Tolérance zéro et affection zéro : je n'ai pas le souvenir que mon père nous ait embrassés une seule fois pour nous souhaiter bonne nuit. Le seul petit bisou de sa part, du bout des lèvres, c'est éventuellement pour nos anniversaires respectifs.

Dans son job de facteur, il se lève aux aurores et rentre à la maison avant midi. Durant les vacances scolaires, ma mère surveille son retour par la fenêtre et nous prévient dès qu'elle l'aperçoit. Nous cessons immédiatement de jouer, nous nous asseyons sagement en attendant son entrée. La grande question est alors de savoir s'il est de bonne ou de mauvaise humeur, ça conditionne tellement notre journée.

S'il surgit avec le sourire et commence à rigoler avec nous, c'est une accalmie assurée et un jour paisible en perspective. Mais si d'emblée les reproches pleuvent, sans raison, l'ambiance s'annonce pesante et hostile, nous endossons avec résignation la panoplie commune de bouc émissaire.

Je me souviens d'un de ses accès de colère, quelques années auparavant, lorsque nous vivions encore à Monplaisir. Je revenais d'un entraînement de foot et j'ai commis l'imprudence de rejoindre ma sœur et mon frère dans la baignoire. Il s'est jeté violemment sur moi, m'extirpant par les cheveux et me frappant la tête sur le lavabo. J'étais en sang, Jennifer et Wesley hurlaient !

Plus que les corrections physiques, mon père joue essentiellement sur la psychologie, particularité des plus grands tyrans. Il doit afficher clairement son autorité et nous écraser par tous les moyens.

Peu importe s'il dit la vérité ou s'il ment, c'est lui le chef du foyer et sa parole fait foi. Sa grande devise maintes fois rabâchée : toujours dissimuler ses émotions.

Quant à ma mère, elle a toujours préféré (avait-elle le choix ?) se tenir à l'écart des conflits familiaux, tour à tour alliée, vaine conciliatrice et épouse ou mère silencieuse. Je sais qu'elle a essayé de le faire changer mais sa patience a fini par voler en éclats. Mes parents ont divorcé il y a quelques années.

Ce despotisme paternel aura au moins eu le mérite de nous endurcir et s'il y a bien une leçon qu'il nous a inculquée, que nous avons retenue et appliquée malgré la souffrance : ne jamais pleurer devant papa, ça lui ferait trop plaisir !

Nous vivons sous un régime de semi-liberté. Nos ailes se rétractent quand il est là et se déploient quand il s'en va ou quand il dort. L'heure de sa sieste quotidienne, en début d'après-midi, est une échappatoire tant attendue. L'occasion de nous amuser devant l'immeuble avec la bénédiction et la complicité secrète de notre mère, qui nous prévient s'il se réveille. S'instaure alors l'habituel couvre-feu des enfants sages.

Les distractions à la maison sont limitées, d'autant que nous n'avons bien sûr pas le droit de regarder la télévision.

La chambre reste le seul défouloir autorisé mais toujours en silence. Avec un ballon en mousse, je dispute mes premières séances de tirs au but en visant le lit de Wesley.

Je me prends pour Maradona ou Papin, mes idoles d'adolescence, mais il m'est strictement interdit de les matérialiser en poster, ça abîmerait la tapisserie… Alors je les dessine en miniatures sur des terrains de foot en couleur et j'offre tous mes croquis de foot à ma petite sœur émerveillée et ravie.

Jennifer a sans cesse besoin d'être rassurée, protégée. Je ne compte plus les nuits où elle se réveille en sursaut, sort de sa chambre pour enfin trouver le sommeil auprès de ses deux frères. Le matin, je me lève avant eux et leur prépare le petit déjeuner : lait et chocos.

Un vrai grand frère qui prend son rôle à cœur en attendant d'accrocher son rêve : devenir footballeur au SCO d'Angers.

***

Ce désir fou de porter le maillot angevin commence à se concrétiser au milieu des années 1990. Les dirigeants du SCO ont vent de mes buts en cascade avec l'Intrépide et souhaitent m'engager pour une formation. Mais qui dit formation dit forcément en parallèle : le sport-étude. Seulement voilà, à la fin de ma classe de troisième, je m'oriente vers un BEP de MSMA[1], ce qui me ferme définitivement la porte du sport-étude. Mais une rencontre inattendue va changer la donne.

Ma prof de sport en BEP n'est autre que la fille de Raymond Kopa ! Illustre joueur et buteur de l'après-guerre, c'est l'un des trois Français de l'histoire à avoir reçu le Ballon d'or, en 1958, suite à ses exploits au Stade de Reims (1951-1956) et au Real Madrid (1956-1959). Si Raymond Kopa est né dans le nord de la France, c'est le SCO d'Angers qui l'avait repéré en 1949 et lui avait fait signer son premier contrat professionnel à l'âge de dix-sept ans. Il y est resté deux ans avant de rejoindre la grande équipe de Reims.

Depuis la fin de sa carrière, il est revenu vivre dans le département du Maine-et-Loire. Sa fille enseigne donc le sport dans mon lycée, et elle s'aperçoit très vite de mes aptitudes. Elle me présente son père et me voilà engagé sur trois fronts : BEP, quelques heures par semaine de sport-étude et un pied au centre de formation du SCO d'Angers.

Aménagement personnalisé, situation hybride mais cadence infernale qui m'oblige à faire un choix en fin d'année, et je décide de m'investir exclusivement dans le programme du centre de formation.

J'éprouve cependant un sentiment de défiance et d'animosité de la part des autres jeunes du centre. Eux sont là pour la plupart depuis l'âge de quatorze ou quinze ans. Ils ont acquis des bases que je n'ai pas.

Techniquement et tactiquement, je suis très en retard mais je ne ressens aucun besoin d'améliorer mon faible

1. Maintenance des systèmes mécaniques automatisés.

bagage de footballeur. Je travaille seulement ma condition physique. On me considère comme un diamant brut, un joueur athlétique qui court partout et qui a pour objectif sur un terrain : accélérer, frapper et marquer.

Dans la catégorie des moins de dix-sept ans, mon entraîneur oublie volontairement mon prénom et m'interpelle souvent avec des « Hé Savidan, replace-toi ! Savidan, reviens ! Savidan, concentre-toi ! ».

À l'entraînement, quand je rate un contrôle, la sanction est : « Savidan ! Dix pompes ! »

Je ne compte même plus les séries de pompes à exécuter chaque fois que la technique me fait défaut ! Mais ce traitement m'agace à tel point que, lors d'un match officiel, je décide après un énième contrôle raté, de m'arrêter de jouer, de m'approcher de mon entraîneur et d'effectuer devant lui une dizaine de pompes, autant par réflexe que par provocation.

Puis j'accède au statut d'aspirant, j'évolue dans la troisième équipe du SCO d'Angers, en division d'honneur. En parallèle, je prépare un BEP de comptabilité que j'obtiens au bout de deux ans.

Un beau jour, alors que je ne suis pas encore majeur, je suis convoqué pour un match de CFA 2, au sein de la deuxième équipe d'Angers. Et je retrouve tous les gars qui ont été reçus en sport-étude, deux ans auparavant à l'époque où j'avais été moi-même recalé.

Belle revanche personnelle, d'autant que je suis plus jeune qu'eux et le plus petit par la taille.

Je sens que ma présence les dérange, car j'ai toujours l'étiquette de l'adolescent issu d'un quartier populaire.

C'est à cette période que je réussis mon premier quadruplé : quatre buts dans un même match, contre Doué-la-Fontaine. Quatre buts quasiment identiques dans leur réalisation : appel de balle, course en profondeur, accélération et frappe victorieuse.

Malgré mon efficacité de buteur, je m'attends à être viré en fin de saison car l'effectif regorge de joueurs beaucoup plus talentueux que moi et au registre plus complet.

Mais je bénéficie d'un nouveau concours de circonstances. Deux jeunes du centre de formation sont renvoyés du fait de leurs sorties nocturnes répétées !

Contre toute attente, on me propose un contrat de stagiaire rémunéré 2200 francs par mois (soit environ 330 euros).

Le club est en grosse difficulté financière, l'équipe première est reléguée en National (équivalent de la troisième division) et évite de justesse le dépôt de bilan. Le recrutement est gelé. Les dirigeants sont contraints d'accorder leur confiance à la jeune pépinière interne.

Durant la saison 1996-1997, je m'entraîne donc de plus en plus souvent avec le groupe professionnel et je dispute mon premier match avec les « grands » : un véritable calvaire, face à Créteil-Saint-Maur Lusitanos.

La veille, je me suis acheté une nouvelle paire de chaussures : des Lotto blanches. Je ne suis bien sûr que remplaçant et j'entre en jeu pour les dix dernières minutes en position d'attaquant de pointe. Mes premiers ballons sont très mal négociés, je rate tous mes contrôles ce qui attire les railleries de mon partenaire Stéphane Rivoal : « Ne lui donnez plus le ballon ! » Anecdote d'autant plus amusante qu'aujourd'hui Stéphane et moi sommes très amis !

Sur le moment, ça me fait sourire même si j'ai honte, car je suis vraiment catastrophique. Malgré ma prestation pitoyable, on gagne le match.

À l'aube de mes dix-neuf ans, ma carrière ne s'annonce guère prometteuse, je suis titulaire en équipe réserve et simple doublure en National.

L'épanouissement, il survient quelques mois plus tôt, hors des terrains, dans ma vie sentimentale.

***

Durant mon adolescence, mes relations avec les filles sont très épisodiques. Je collectionne les aventures éphémères, amourettes sans engagement, et la fidélité n'est pour moi qu'une notion très abstraite.

Lors de l'été 1996, mon ami Jérôme Frogé me présente l'une de ses copines, Karine, une étudiante métisse. Elle a vingt ans, je viens d'en avoir dix-huit. Nous sommes issus tous deux de milieux modestes mais mon insouciance et mon exubérance tranchent avec sa prévoyance et sa timidité naturelle. Karine est en fac d'espagnol et travaille parallèlement chez Quick, moi je ne suis qu'un obscur joueur de foot qui n'a aucun projet sérieux dans la vie.

En apparence, tout nous oppose donc loin de moi l'idée de la draguer, je crois savoir qu'elle a un petit copain, je ne suis pas du tout son type de mec, trop jeune et mon style vestimentaire du soir, bermuda bleu et débardeur blanc, réduit à néant mon hypothétique pouvoir de séduction !

Cependant, nous nous revoyons avec d'autres amis communs et, un soir d'automne, elle se propose de me reconduire chez moi dans sa belle petite Austin Metro noire. L'occasion enfin de faire plus ample connaissance.

Une semaine plus tard, le 1er novembre, jour de la Toussaint, au cours d'une balade romantique autour du lac de Maine, le premier baiser scelle notre amour naissant.

Mais le début de notre liaison est orageux, je suis face à un dilemme : m'investir exclusivement dans cette relation ou continuer d'être un garçon volage. Je demande conseil à ma mère :

« Maman, je ne sais pas quoi faire. Je sors avec une fille du quartier qui a mon âge… mais je viens de rencontrer une autre fille qui a vingt ans, son permis de conduire et un travail…

– Garde celle qui travaille et qui a une voiture ! »

Première étape franchie, reste à convaincre ma « promise » de ma sincérité et de mes bonnes résolutions en matière de fidélité. Démarche délicate au vu de ma réputation très vite arrivée aux oreilles de Karine.

Elle ne souhaite plus me voir, alors je décide de faire preuve d'une témérité chevaleresque. Je débarque chez sa mère et clame haut et fort mon incapacité désormais à vivre sans elle :

« C'est avec toi que je veux faire ma vie ! »

Dès lors, ma vie se conjugue avec celle de Karine. Le dernier cap à franchir reste la présentation à mes parents, plus de trois mois après le début de notre liaison.

L'accueil est chaleureux, mon père lui pose plein de questions, mais Karine prend conscience des règles familiales : chez les Savidan, seul le chef du foyer parle, les enfants se taisent. Son sourire disparaît lorsque mon père entre dans une rage folle quand ma petite sœur Jennifer, à peine neuf ans, commet l'erreur de s'adresser directement à Karine. Mon père se met à insulter sa fille tandis que Karine me regarde abasourdie et choquée par cette violence soudaine.

***

Les parents de Karine sont séparés. Sa mère habite à Angers, son père est parti vivre en Guadeloupe, où il entraîne un petit club de football.

En juin 1997, Karine s'en va le rejoindre pour deux semaines de vacances. Et je décide d'y aller aussi quelques jours plus tard, tout heureux de faire enfin la connaissance de mon futur beau-père.

C'est mon baptême de l'air. Un premier vol, que je n'oublierai jamais. Je suis assis à côté d'un homme d'affaires qui applique une méthode très particulière pour agrémenter son voyage : il raconte sa vie et il boit... et je bois avec lui !

Les différentes variétés de ti-punch proposé par le personnel navigant n'ont plus de secret pour nous à l'issue des huit heures de vol. Je débarque en Guadeloupe dans un état d'ébriété naissante.

L'image du petit Blanc éméché cherchant sa bien-aimée dans l'aéroport de Pointe-à-Pitre, au milieu de centaines de Guadeloupéens, vaudrait tous les vidéos gags du monde !

Je passe dix jours exceptionnels : découverte de l'île et pratique intensive du foot. Je m'entraîne tous les soirs avec l'équipe locale de Cambrefort, près de Capesterre. Je suis le seul Blanc du groupe, qui plus est bientôt professionnel... Forcément tout le monde veut me dribbler ou me tacler, ce qui constitue pour moi une excellente préparation physique. Chaque séance se termine par l'apéro : absorption sans modération de différents breuvages à base de rhum. L'addition de tous mes excès se paye au prix fort : à mon retour en métropole, je suis opéré d'urgence... des hémorroïdes !

À la fin de l'été, Karine quitte le domicile maternel et prend un appartement. J'y réside quatre ou cinq jours par semaine, mais mon intention n'est pas d'emménager tout de suite avec elle. J'y suis contraint et forcé grâce à la délicatesse de mes parents. Un soir, en effet, en rentrant chez moi, je constate que mon lit a disparu de ma chambre, que mes effets personnels sont emballés dans un carton. Je comprends que ma présence n'est plus souhaitée, je plie les gaules et m'installe définitivement avec Karine.

À la réflexion, peut-être que mes parents ont voulu en fait forcer le destin et favoriser ma relation sentimentale.

***

Août 1997, la saison de foot a repris et je signe un contrat promotionnel de 3 000 francs par mois (450 euros). Le SCO d'Angers a encore rajeuni son effectif, les derniers cadres sont partis, comme Ulrich Ramé qui s'est engagé avec Bordeaux.

Je deviens titulaire à part entière de l'équipe première en National et je commence à marquer des buts, beaucoup de buts !

Mon plus beau récital se produit contre Fréjus. Ce jour-là, on gagne quatre buts à un et j'inscris les quatre buts (le deuxième quadruplé de ma carrière). Tout le monde me félicite. Je suis convié dans le salon VIP, en présence de personnalités locales et de tous les sponsors du club.

Mes parents sont là aussi. D'un signe de la main, je leur fais comprendre que j'effectue d'abord le tour de la salle avant de venir les saluer. Mon père, déjà ivre, se vexe. Je l'entends parler de plus en plus fort jusqu'à invectiver l'assistance : « Vous êtes tous des enculés ! »

La fête est gâchée. Ma fête, ma petite heure de gloire anéantie.

Je suis consterné par l'agressivité de mon père, et je regagne, en pleurs, le parking du stade, sans même répondre aux questions des journalistes.

Pourquoi s'est-il comporté de la sorte ? Est-ce de la maladresse, de la rancœur, un réel mépris à mon égard ? Est-il simplement jaloux et perturbé par ma réussite naissante ou indigné que des « étrangers » lui volent sa fierté de père ?

Dès lors, les relations familiales sont de plus en plus distantes. D'ailleurs, il ne vient quasiment plus me voir jouer. Ma mère n'ose pas non plus assister à mes matchs, mais je sais qu'elle achète régulièrement la presse et découpe tous les articles me concernant.

Je vais avoir vingt ans. Ma vie de couple prend son envol tandis que ma vie de famille bat de l'aile. Je prends du plaisir à jouer mais je n'imagine pas une longue carrière professionnelle.

Une évidence, un constat : à chaque instant de bonheur se mêlent inéluctablement des interférences qui ne cesseront jamais de me gâcher l'existence jusqu'à la fin de ma carrière.

L'Appel des Bleus
2

Vendredi 14 novembre 2008 : J-5

Le lendemain de l'annonce de ma convocation, je dépose Joris à l'école, les parents d'élèves me félicitent. J'achète la presse et je parcours les articles qui me sont consacrés. Les journaux régionaux sont dithyrambiques. Les quotidiens nationaux se réjouissent également de la nouvelle mais ouvrent le débat sur fond de polémique. Une polémique inédite qui ne me surprend pas. Je représente la France d'en bas, ou plus exactement le football amateur. Cette étiquette m'a toujours collé au maillot. Ainsi les média dissertent sur les raisons pour lesquels Raymond Domenech m'a appelé ? Est-ce bien raisonnable d'appeler un trentenaire au parcours si atypique ? Certes, je fais partie des meilleurs buteurs du championnat mais ai-je les aptitudes pour le football de très haut niveau ? Mes détracteurs invoquent mes perspectives forcément limitées et clament que je ne suis pas une solution d'avenir. Avant moi, rares sont ceux qui ont connu la joie d'une première sélection à l'âge de trente ans. Il y eut Ernest Schultz en 1961 et plus récemment le Bordelais Franck Jurietti, qui a joué en tout et pour tout cinq secondes avec les Bleus contre Chypre en 2005.

L'après-midi, je vais à l'entraînement, dernière séance avant le match de championnat du lendemain, à Nancy. Je m'efforce de ne plus penser à l'équipe de France, de me concentrer sur cette quatorzième journée de Ligue 1.
Pas simple, d'autant qu'à mon arrivée au siège du club mes partenaires me félicitent chaleureusement.

Puis je découvre le fameux fax de la Fédération française de football avec toutes les modalités d'usage.
Quand on est appelé chez les Bleus, c'est le club auquel on appartient qui reçoit la convocation, jamais le joueur personnellement.
Je me rends compte aujourd'hui que à aucun moment depuis l'annonce de ma convocation jusqu'à mon arrivée chez les Bleus, je n'ai eu le moindre contact avec le sélectionneur national. Raymond Domenech ne m'a jamais téléphoné et le tout premier échange verbal n'a eu lieu que trois jours plus tard, lors du rassemblement à Clairefontaine…

Samedi 15 novembre 2008 : J-4

Je redoutais ce match à Nancy. D'abord parce qu'on allait forcément me juger plus minutieusement, plus sévèrement que d'habitude. Si je ratais mon match, on aurait parlé de démobilisation de ma part, du genre : « Ça y est, il a la tête ailleurs, il pense déjà à l'équipe de France. »
Mais ce jour-là, j'ai marqué l'unique but de mon équipe, sur une passe de mon coéquipier Julien Toudic. On a fait match nul : 1 à 1. Mais au-delà de ma prestation, du sentiment de devoir accompli, je retiens l'accueil et les témoignages de sympathie des supporters, joueurs, dirigeants nancéiens et arbitres de la rencontre. Tous sont venus me féliciter et m'encourager pour mon prochain séjour en équipe de France. Ça me fait chaud au cœur et prouve que la solidarité, le soutien et la fraternité entre footballeurs ont encore leur place dans ce sport qui devient pourtant de plus en plus individualiste.

Sitôt le match terminé, je réponds aux questions des journalistes, plus orientées vers mon futur voyage à Clairefontaine que sur mon but et le bon point pris en déplacement à Nancy. J'ai l'honneur d'être en duplex pour l'émission *Jour de foot*, sur Canal +. Retour en avion dans la nuit à Caen.

Lendemain : décrassage matinal et après-midi tranquille avec ma petite famille. Le compte à rebours résonne dans ma tête. Je repense à tout ce chemin parcouru, à mes débuts professionnels, en 1998.

3
Les débuts professionnels

À l'heure où la France savoure le titre de champion du monde, Karine et moi, nous savourons hamburgers et frites invendus, généreusement offerts au personnel du Quick à la fin de chaque service nocturne. Tel est le menu de la plupart de nos dîners quotidiens. Financièrement, les fins de mois sont difficiles : à peine le SMIC pour vivre.

À vingt ans, je n'ai aucune certitude dans le football professionnel.

Je joue en National, ça me convient. Je n'ambitionne pas d'évoluer à un meilleur niveau. Même la Ligue 2 me paraît inaccessible.

Pourtant je vais inscrire dix-neuf buts tout au long de la saison 1998-1999, et je vais susciter la convoitise de certains clubs, dont Châteauroux par la voie de son entraîneur, Joël Bats.

Comme je n'ai pas les moyens d'engager un agent, je demande à mon illustre partenaire Yannick Le Saux[1],

1. Attaquant breton passé par Rennes, Guingamp… et qui fut sacré meilleur buteur de D 2 en 1992-1993 avec Saint-Brieuc. Il intervient aujourd'hui régulièrement comme consultant pour Canal +.

épaulé par un gestionnaire de patrimoine, Thierry Courand, de jouer ce rôle de conseiller personnel.

Yannick est en fin de carrière et il me fait progresser à l'entraînement en me prodiguant des séances très spécifiques devant la cage. Il dépose un plot à 80 centimètres de chaque poteau. Il n'y a pas de gardien, l'objectif est simplement d'enchaîner des frappes vers le but en essayant de placer le ballon entre le plot et le poteau. Exercice de précision, tout en mouvement, qui permet d'acquérir des automatismes de buteur. J'enchaîne donc les reprises de l'intérieur du pied droit ou gauche, sans vraiment percevoir la finalité et l'intérêt de ce genre de séance.

Mais Yannick a tellement de crédibilité à mes yeux que j'exécute machinalement ces innombrables tirs plusieurs fois par semaine et mon efficacité s'en ressent lors des matchs, mes tentatives sont plus souvent cadrées, il y a beaucoup moins de déchets dans mes occasions.

Avec le recul, je me rends compte que cet exercice a été très utile dans ma carrière, ce souci permanent de viser le but adverse, de privilégier la précision à la puissance.

Yannick Le Saux était un footballeur atypique, un grand buteur de deuxième division (une centaine de buts marqués) qui n'a jamais voulu sacrifier son confort de vie pour accéder au haut niveau. Amateur dans l'âme, il ne voulait pas quitter sa Bretagne natale et encore moins se plier aux exigences du très haut niveau. Il a toujours privilégié le côté associatif, voire familial d'un club. Dans le vestiaire, c'était le boute-en-train, le déconneur, le grand frère.

À cette époque, je rêve d'épouser un parcours comme le sien, sans ambition démesurée. Simplement vivre ma passion sans contrainte.

Un jour, il m'a donné un précieux conseil :

« Steve, tu peux sortir, t'amuser, fumer, boire, mordre la vie à pleines dents, mais tu n'as pas le droit d'être le dernier dans les courses et les tests physiques. Tu dois même être le meilleur dans ce domaine. Ne donne jamais l'occasion à qui que ce soit de dire : "C'est normal qu'il ne soit pas bon, il passe son temps à faire la fête !" »

Début avril 1999, Joël Bats souhaite me rencontrer et m'invite à déjeuner à Châteauroux. J'y vais avec Yannick. La Berrichonne de Châteauroux évoluait en première division la saison précédente, elle joue désormais à l'échelon inférieur et n'a aucune chance de remonter cette année mais espère bien retrouver l'élite en 2000. Dans son effectif, il y a d'excellents joueurs, comme Laurent Dufresne, Cédric Daury, Réginald Ray, Benjamin Nivet... et un jeune Guyanais de dix-huit ans voué à une grande carrière : Florent Malouda.

Joël Bats m'expose sa vision du foot, son projet sportif. Je connaissais le grand gardien qu'il était, son brillant palmarès (champion d'Europe avec la France en 1984, champion de France avec le PSG en 1986...), je suis sous le charme de l'entraîneur qu'il est devenu : souriant, décontracté mais travailleur et rigoureux. J'adhère totalement à son discours et à ses valeurs. Manifestement, il aime mon profil d'attaquant à l'état brut et il me propose un contrat de trois ans. Concrètement, je devrais faire mes gammes en Ligue 2 et contribuer à la remontée du club en Ligue 1. Je réserve ma réponse même si, au fond de moi, ma décision est déjà prise. Jouer sous les ordres de Joël Bats est une chance inouïe et les conditions financières sont inespérées : 30 000 francs (4 500 euros) par mois, ce qui signifie que je vais multiplier par dix mon salaire actuel ! Karine et moi allons enfin pouvoir vivre décemment.

Mais la peur m'envahit. Châteauroux, la D 2… c'est l'inconnu. J'ignore ma valeur, je ne sais pas si je serai capable d'évoluer à un tel niveau, mais l'aventure est tellement grisante.

« Chérie, on va à Châteauroux ! »

Ce sont mes premiers mots adressés à Karine à mon retour à la maison. Le ton est volontairement détaché comme si je venais de lui annoncer qu'il y avait du courrier dans la boîte aux lettres. Je lui raconte mon entrevue avec Joël Bats, sa proposition sur trois ans qui nous ouvre de belles perspectives d'avenir comme l'achat d'une maison, d'une voiture neuve !

Deux semaines plus tard, d'autres équipes s'intéressent à moi mais la Berrichonne de Châteauroux exige une réponse définitive. Yannick m'encourage à accepter. Selon lui, c'est l'endroit idéal pour entamer une carrière professionnelle, le club est sain et stable, la ville paisible.

Peu importe si je ne suis pas titulaire, une telle insistance prouve que je suis vraiment désiré, bref une recrue prioritaire.

Le samedi 17 avril, Bruno Allègre, le directeur administratif et commercial de Châteauroux, me rejoint à Angers et me fait signer un contrat de trois ans. Quinze jours plus tard, c'est moi qui me déplace à l'invitation de mon nouveau club pour être présenté aux sponsors, visiter les installations et assister à la rencontre Châteauroux/Nice.

Après le match, Joël Bats me suggère de rester quelques jours de plus pour mieux m'imprégner de l'atmosphère de la ville.

« C'est impossible. J'aimerais bien mais je ne peux pas.

– Ah bon, pourquoi ?

– Parce que après-demain je commence mon travail d'éboueur à Angers.

***

Depuis le début de l'année 1999, j'ai demandé à mon oncle, Christian, qui travaille à la mairie d'Angers de me trouver un petit boulot. Je cherche par tous les moyens à arrondir les fins de mois. Avec Karine, nous vivons avec le SMIC et je postule à n'importe quel petit job compatible avec mon activité de joueur en National. Christian s'est donc démené par tous les moyens pour me dénicher un emploi dans l'un des services de la municipalité. Fin avril, il décroche pour moi un contrat de deux mois chez les éboueurs de la ville.

Je suis ravi pour plusieurs raisons. D'abord parce que les horaires concordent avec les séances d'entraînement, ensuite parce que le service des éboueurs est à 500 mètres de chez moi. C'est aussi une expérience unique, qui va me permettre de découvrir un nouvel univers et d'améliorer considérablement le portefeuille conjugal. Vis-à-vis de mon oncle et de toutes ses démarches, c'est une proposition que je ne peux refuser. Les dirigeants du SCO d'Angers me donnent leur accord et me voilà donc engager pour huit semaines à ramasser les poubelles.

Imaginez la tête de Joël Bats quand je lui annonce que je ne peux vraiment pas rester le week-end à Châteauroux parce qu'un CDD me tend les bras chez les éboueurs d'Angers ! Connaissant la réputation de blagueur de Yannick Le Saux, Bats croit à une boutade. Il éclate de rire et compose déjà le numéro d'un hôtel de Châteauroux pour me réserver une chambre jusqu'au mardi.

« Mais je vous assure, coach, c'est la vérité. Je vais travailler jusqu'à fin juin en tant qu'éboueur à Angers. »

Quand il comprend que ce n'est pas une plaisanterie, ses yeux s'illuminent. Sa première recrue n'est décidément pas un garçon ordinaire. Je viens de signer mon contrat professionnel qui devrait me garantir un bon train de vie et je file aussitôt débarrasser les ordures de la ville d'Angers !

Ce job d'éboueur, c'est du lundi au vendredi de 6 heures à 11 heures, rémunéré un peu plus de 5 000 francs par mois (800 euros).

Le premier jour, je suis merveilleusement accueilli par mes nouveaux compagnons de travail.

« Ah mais c'est toi le p'tit Savidan ? ! Mais qu'est-ce que tu fais là ? »

J'ignore que mon transfert à Châteauroux fait la une des pages « sport » du journal local. Même les quotidiens nationaux relatent l'information en quelques lignes d'où la stupeur générale de mes collègues.

« Mais pourquoi es-tu là? Tu n'as pas signé à Châteauroux ce week-end?

– Ben si mais…

– Ben quoi, c'est marqué dans *L'Équipe* ! Tu vas jouer en D 2 la saison prochaine ! Ah ça, c'est la meilleure ! On a une future star du foot qui vient faire éboueur ! Hé, c'est une blague pour la télé. Elles sont où les caméras ? »

Ils ne s'imaginent pas que je vais rester deux mois. Ils pensent que c'est pour quelques jours.

J'effectue ma première tournée avec deux « anciens ». Je suis un agent de propreté urbaine, embauché en tant que ripeur, traduisez: celui qui se trouve à l'arrière du camion, derrière la benne.

Au début, ma seule petite appréhension c'est le regard des gens dans la rue, mais cette crainte s'efface dès le premier jour. L'ambiance est joyeuse, mon intégration rapide.

Je suis tellement motivé et volontaire que j'en viens à agacer mes collègues de travail car je redouble d'efforts

Lolo Dufresne et moi, complices dans la vie comme sur le terrain. © Didier Crasnault/*La Voie du Nord*

À l'ASPTT d'Angers. En bas à gauche et déjà en bleu. © Collection de l'auteur

Premier quadruplé contre Doué-la-Fontaine… et premier salto, en 1995. © G. Mesnager

FÉDÉRATION FRANÇAISE DE FOOTBALL
Licence POUSSIN
RENOUVELLEMENT
60699690
1986-87
Né entre le 1er Août 1976 et le 31 Juillet 1978
LIGUE ATLANTIQUE
Nom du Club A.S.P.T.T. ANGERS
Nationalité F
Nom SAVIDAN
Prénoms STEVE
Né le 29/06/78 à ANGERS
Adresse 1 Ave GANDHI
Commune 49240 AVRILLE
Le Secrétaire Général de la Ligue :
Signature du Secrétaire.
Signature du Joueur. Savidan
Dernier Club quitté
Indiquer la saison
23 SEP 1986
Date de Signature 21/09/86
MOORE PARAGON - ARGENT

1994-95
FÉDÉRATION FRANÇAISE DE FOOTBALL
Ligue Nationale de Football
24, Boul. de Courcelles, PARIS-17
N°
JOUEUR ASPIRANT ou APPRENTI
NOM DU CLUB ANGERS SCO
NOM et Prénom SAVIDAN Steve
Né le 29 juin 1978 à ANGERS
Nationalité Française
Domicile 48, av. Jean XXIII - ANGERS
Le Directeur Général de la L. N. F. Le Secrétaire du Club. Le Titulaire.
Carte rigoureusement personnelle, valable seulement pour le Championnat Professionnel.
VOIR AU VERSO

INTRÉPIDE D'ANGERS
INTRÉPIDE
Siège Social :
15, rue Gabriel Alix
N° 1166
Carte de Membre Actif
M SAVIDAN STEVE
Adresse
Le Titulaire, SAVIDAN STEVE
Saison 1994/1995
Le Président,

Mes premières licences de foot. © Collection de l'auteur

À Sedan. Le match qui assure la montée en Ligue 1 (2006). © J.-P. Thomas/FEP/Panoramic

Avec Seb Heitzmann pour fêter le titre de champion de France de Ligue 2. © D.R.

But contre le PSG : « Je suis le roi du monde… » © A. Bibard/FEP/Panoramic

Antoine Kombouaré, un homme si important pour moi. © J.-P. Thomas/FEP/Panoramic

Le trophée récompensant mon quadruplé face à Barthez à Nantes. © A. Bibard/FEP/Panoramic

Première et dernière
photos de ma sélection
en équipe de France. © D.R.

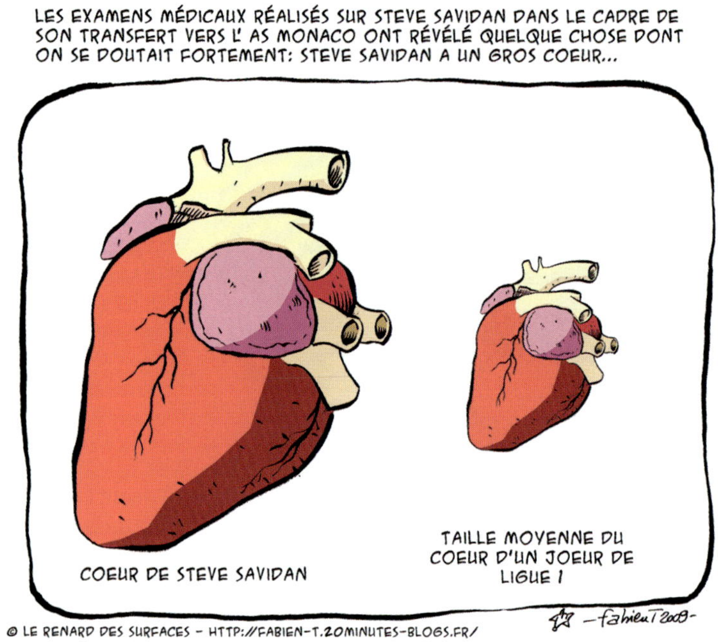

© Fabien T/Le Renard des surfaces/http://fabien-t.20minutes-blogs.fr/

Fédération Française de Football
Ligue de Football Professionnel
6, rue Léo Delibes, Paris 16

2008
2009

N° 68-100456

S.M. CAEN

SAVIDAN
Steve

Né le 29/06/1978 à ANGERS
Nationalité Française
Domicile 60000 BEAUVAIS

Le titulaire,
Le secrétaire du club,

Ma dernière licence de footballeur professionnel. © Collection de l'auteur pour être le plus efficace. Je prends ce boulot comme un sport et, dès lors, je retrouve mon esprit de compétition : mon but est d'être la première équipe à finir la tournée quotidienne. Donc je cours tout le temps, je saute du camion, j'attrape les vide-ordures, si un papier tombe, je le ramasse et le jette dans la benne et hop, encore un sprint vers une poubelle ! Autant d'efforts pour boucler la tournée avant les autres équipes d'éboueurs. Je considère ce job comme une forme d'entraînement, une façon de parfaire sa condition physique en vue du prochain match de foot.

Comme je suis le plus jeune de la troupe, je prends les containers les plus lourds pour simplifier la tâche de l'ancien.

« Plus vite, plus haut, plus fort », ce sont mes jeux Olympiques, je veux dépasser les limites, bondir, rigoler, souffrir…

Mes compagnons s'étonnent de toute cette énergie dépensée et tentent de la canaliser :

« Steve ! Calme-toi, cool, on a le temps ! »

Je reste sourd aux recommandations, toujours en quête de tous les records de vitesse. Je me lance des défis dans chaque rue. En combien de temps vais-je débarrasser toutes les ordures ? Si la semaine précédente, j'ai mis deux minutes quinze, je dois être plus rapide cette fois-ci. Et les secondes s'égrainent dans ma tête devant les yeux ébahis des deux anciens, l'un au volant du camion, l'autre à mes côtés.

Je me fixe plein d'autres petits challenges. Par exemple, lorsqu'il y a dix containers devant un immeuble, je me fixe comme objectif de les rassembler près du camion en moins de trente secondes…

Top chrono, c'est parti pour le décompte dans ma tête !

Un vrai jeu d'enfant, une réelle compétition sportive! Avec tous les risques encourus: un jour, mon gant a glissé de ma main et je me suis blessé avec un tesson de bouteille. J'ai eu si peur d'une infection que j'ai dû effectuer un bilan sanguin.

Je m'habitue aussi progressivement à l'odeur, la sensation d'avoir la nausée disparaît au fil du temps tout comme l'obsession de se laver plusieurs fois par jour. Au début, le dégoût est tel que j'enlève ma tenue de travail (pantalon bleu, haut jaune, veste rouge, casquette et chaussures de sécurité) sur le palier de mon appartement et je rentre chez moi en caleçon. Peu à peu, je m'habitue et la cadence de quatre ou cinq douches quotidiennes diminue.

Cette expérience m'a aussi fait découvrir... le vin! À la fin de chaque tournée, nous allons déjeuner dans un petit bar et le repas collégial s'accompagne toujours d'un verre de vin.

J'ai toujours pensé que boire le matin était une forme d'alcoolisme aigu mais ce préjugé a sauté. À 11 heures, les repères sont différents dans ce genre de boulot. La journée de travail est terminée et il n'y a rien de choquant à savourer un petit ballon de rouge, blanc ou rosé. Ce ne sont pas de grands crus, mais ce rituel m'a permis de différencier un bordeaux d'un vin de Loire ou d'un bourgogne.

Des petits plaisirs nouveaux et une réelle prise de conscience sur l'environnement. Je suis stupéfait par la quantité abondante d'ordures ménagères. Je ne m'en rends pas compte durant la tournée, mais c'est en allant vider la benne dans l'incinérateur municipal que je mesure le volume de déchets!

Et que dire de l'incivilité criante de nos concitoyens qui se moquent éperdument de jeter des sacs poubelles mal fermés voire percés.

Résultat, il arrive parfois que le contenu se répande en plein milieu de la rue. Les gens s'en fichent, les éboueurs sont là pour ramasser et nettoyer ! Depuis cette époque, je veille à tout ce que je jette et je me sens davantage concerné par le tri sélectif.

En sillonnant les rues d'Angers, je passe inévitablement devant le domicile de mes amis qui me maudissent quand je brise leur sommeil en appuyant sur l'interphone à 6 h 30 ou lorsque je décide de cacher leur poubelle sous les voitures.

Parfois, ce sont eux qui, sortant de boîte de nuit, m'attendent à l'aube dans un quartier et m'accompagnent dans ma tournée. Une bonne dizaine d'éboueurs occasionnels participent alors au nettoyage. Ballet improvisé de gais lurons au service de la ville d'Angers !

Je n'ai travaillé que deux mois au service de propreté urbaine mais une relation fraternelle s'est instaurée avec l'ensemble de la profession. Je reçois régulièrement du courrier venant des Éboueurs de France, et dans tous les stades où j'ai joué, j'ai souvent croisé un supporter se réclamant des éboueurs de la ville.

Je me souviens d'un match à Toulouse. À ma descente du bus, un gars m'interpelle :

« Hé Steve, je voudrais te filer le maillot du club des éboueurs de Toulouse, on peut se voir après le match ? »

En fin de soirée, je retrouve le type en question et nous échangeons nos maillots !

Depuis dix ans, je revendique fièrement mon appartenance à la confrérie des éboueurs. Elle symbolise tellement la transition entre les années de galère et mon statut de joueur international de Ligue 1.

***

Nous sommes le 15 mai 1999, mon contrat avec Angers touche à sa fin et j'organise une petite fête pour mon départ. Je réunis tous mes partenaires du SCO ainsi que leurs épouses dans un restaurant.

Comme je n'ai pas les moyens financiers de régler l'addition, chacun paye sa part mais je décide d'offrir le champagne à toute la tablée. Au total, six bouteilles facturées 2600 francs (400 euros) !

Deux jours plus tard, coup de fil de ma banque. Mon responsable de compte est furieux :

« Steve, qu'est-ce que tu as fait ? C'est quoi cette dépense ? Tu es complètement fou ! Tu as un découvert de 5000 francs (750 euros) sur ton compte. Je suis obligé de te couper les vivres ! »

Plus de chéquier, plus de carte bleue, plus le droit de retirer d'argent... En attendant ma première paye d'éboueur, nous vivons avec le salaire de Karine qui équivaut à six bouteilles de champagne dans un restaurant et nous mangeons tous les soirs les invendus de chez Quick, nourriture bien riche en graisses saturées, totalement contre-indiquées pour un footballeur.

Comment allons-nous faire financièrement pendant un mois et demi, c'est-à-dire jusqu'à mon arrivée à Châteauroux ? Non seulement il y a les dépenses quotidiennes mais il y a les factures, les crédits, le déménagement à venir.

Je me résigne à appeler Joël Bats pour tenter d'obtenir une avance financière. Il me conseille de contacter Bruno Allègre. Celui-ci accepte immédiatement de me verser un tiers de ma prime à la signature. J'ignorais le montant de cette prime : 150000 francs (23000 euros). Grâce à Bruno

Allègre, je reçois donc un virement de 50 000 francs (7 600 euros) ! Enfin la solution à tous nos problèmes !

J'éponge mes dettes, je solde tous mes crédits à la consommation. Je rembourse ma belle-mère, je procède à la réparation de la voiture…

Puis nous partons sereinement en quête d'un appartement à louer dans le centre-ville de Châteauroux.

À la fin du mois de juin, mon job d'éboueur terminé, nous quittons Angers pour débuter une nouvelle vie dans le monde du football professionnel.

***

Joël Bats m'avait accordé une dérogation, la possibilité de reprendre l'entraînement une semaine après les autres. Mais je décide de ne pas prendre de vacances et d'être présent le jour de la rentrée des classes. Je découvre des rituels que j'ignorais à l'entame d'une saison : examens médicaux, du podologue jusqu'au dentiste, tests physiques et même stage de préparation… On me livre un paquetage de l'équipementier, des shorts, des maillots, des tee-shirts, des chaussures de foot ! C'est donc ça la vie professionnelle ? Tout est offert ? !

J'ai même le droit de choisir le numéro que je porterai dans le dos durant toute la saison. Je vois que le 9 n'est pas encore attribué, je m'imagine déjà porter ce chiffre fétiche de l'avant-centre mais Réginald Ray, meilleur buteur de deuxième division un an plus tôt, me tape sur l'épaule :

« Ah non, gamin ! Le 9, c'est pour papa ! »

Le 7 est également approprié. J'opte pour le numéro 22.

Durant les premières séances, je me défoule. Je ne connais pas les codes, je ne sais pas encore qu'une bonne préparation implique une minutieuse gestion des premiers efforts. Bien au contraire, je m'efforce d'être d'emblée le meilleur et mes nouveaux partenaires me regardent comme si je venais d'un autre monde ! Ils hallucinent de voir ce jeunot courir partout avant même le début de la compétition.

Aussi motivé qu'indiscipliné, je traîne dans les cuisines lors du stage d'été et je discute avec le personnel de l'établissement qui nous héberge.

Du coup, je suis rappelé à l'ordre par Joël Bats qui me reproche de m'éparpiller, de me dissiper.

Pendant que d'autres se plient au régime spécifique : massage, récupération, sieste… je profite de tout, je m'intéresse à tout ce qui m'entoure et, forcément, je suis difficilement gérable. Le soir, je reste avec les joueurs cadres de l'équipe alors qu'un jeune doit traditionnellement rentrer sagement dans sa chambre et se coucher tôt. Mais j'ignore toutes les règles de bonne conduite. Et mon entraîneur me réprimande gentiment ! Il n'y a pas d'interdits, seulement des recommandations avisées, comme ceux de mon coéquipier Armindo Ferreira en forme de mise en garde :

« Mais t'es un cinglé toi ! Tu ne dors jamais, tu cours tout le temps ! Fais gaffe, petit, tu vas avoir un coup de mou bientôt ! »

Les matchs amicaux débutent, je ne suis que remplaçant mais j'ai de bonnes sensations et je marque mes premiers buts ! Je suis toujours l'électron libre, bien intégré dans l'effectif mais sans réelles affinités.

Je suis référencé comme un type fêlé, inconscient et immature. Mon attitude est jugée instable et excessive ! Je mange comme quatre et je fume deux ou trois cigarettes par jour.

J'essaie pourtant d'appliquer certains conseils pour progresser et mieux gérer les efforts mais mon quotidien n'est pas vraiment adapté à ma nouvelle carrière. Après des années de privation, je souhaite prendre du bon temps : nombreuses sorties, dîners au restaurant, acquisition d'une nouvelle voiture. Je me fais plaisir, je dépense presque sans compter dans l'habillement, comme ce costume de grande marque que j'achète sans même savoir si je le porterai un jour.

Sur le terrain, techniquement, je ne suis pas un génie. À Angers, je partais en profondeur et on jouait sur moi. Ici à Châteauroux, je dois apprendre la tactique, le replacement, les gestes défensifs...

Le championnat commence, nous faisons partie des sept ou huit clubs dont l'ambition est de finir sur le podium, synonyme de montée en première division (à l'époque on ne parlait pas encore de Ligue 1).

Les favoris sont Sochaux, Toulouse et Lorient. Nous sommes les outsiders, en compagnie de Lille, Nice et Guingamp.

Je découvre la pression qui pèse sur un club professionnel, les journalistes et les supporters présents aux entraînements.

Lors des trois premiers matchs, je suis tantôt titulaire, tantôt remplaçant. Le début de saison est plutôt laborieux, notre premier succès ne survient qu'à la quatrième journée mais c'est un exploit accompli à l'extérieur, sur le terrain de l'un des favoris, Sochaux : 2 buts à 1.

Je joue toute la rencontre et... je marque mon premier but sous le maillot castelroussin. Un but dans le pur style Savidan : je cours seul devant et je reçois un ballon de Laurent Morestin, je prends de vitesse deux défenseurs et bats le gardien adverse, Vincent Fernandez !

Je suis élu « homme du match », j'ai même les honneurs de l'hebdomadaire *France football*, qui me nomme « tête d'affiche » de la semaine !

Trois jours plus tard, je réussis le doublé contre Caen : sur penalty puis sur un tir en pleine lucarne. Mais deux buts insuffisants car nous perdons le match 3 à 2. Et nous allons même concéder quatre défaites d'affilée dont un cinglant revers à Laval : 4 à 0 !

Bilan au 8 septembre 1999, après huit journées de championnat : Châteauroux est dernier du classement et n'a plus gagné à domicile depuis sept mois, soit une éternité !

Après la débâcle de Laval, les supporters ont manifesté leur colère en détruisant la majorité des voitures de joueurs. Celle de Bats est inutilisable, la mienne est épargnée.

Le président Thierry Sanselme s'accorde une nuit de réflexion mais sa décision est déjà prise et tombe comme un couperet le lendemain matin : Joël Bats est viré ! Un vrai choc pour moi ! Comment peut-on congédier un homme comme lui ? Joël Bats limogé, ça me paraît tellement absurde !

Je n'oublierai jamais ses adieux, en larmes dans le vestiaire. Nous nous sentons penauds, honteux et pleinement responsables de son éviction.

À peine a-t-il quitté l'enceinte du centre d'entraînement que son successeur se présente à nous : Thierry Froger. Je n'ai jamais entendu parler de lui. J'apprends qu'il est un ancien joueur professionnel. Il a arrêté sa carrière à vingt-sept ans car il considérait avoir atteint ses limites et surtout parce qu'il était davantage porté vers le métier d'entraîneur. Au début des années 1990 il dirige le centre de formation du Mans, puis au bout de quatre ans, il prend en main l'équipe première. Il est même élu meilleur entraîneur de D 2 en 1996 avant de rejoindre Lille. La première saison se passe bien, ils finissent quatrièmes, ratant de peu l'accession en première division, mais au début de la seconde, les résultats ne sont pas à la hauteur et il est pris en grippe par les supporters nordistes. Il est licencié et remplacé par Vahid Halilhodzic.

Thierry Froger est au chômage depuis un an, mais son nom circulait déjà avec beaucoup d'insistance ces derniers jours.

Je suis indigné par ce milieu impitoyable qu'est le football professionnel. J'ai signé à Châteauroux parce que Joël Bats en était le coach. On perd cinq matchs et il est jeté comme un malpropre ! On n'a même pas la décence d'attendre un jour ou deux pour annoncer le nom du prochain entraîneur.

J'éprouve un sentiment de révolte, de dégoût, comme si quelqu'un venait de décéder et que, dans l'heure qui suit, la vie reprenait son cours normal avec une autre personne à sa place, comme si rien ne s'était passé.

Je me braque, refusant de me soumettre aux ordres d'un « inconnu ». Le premier contact est violent. Thierry Froger impose d'entrée son autorité et sa défiance envers moi :

« Toi je te connais et ton comportement ne me plaît pas. Crois-moi, tu vas marcher droit ! »

Je ne lui réponds pas mais brûle d'envie de déverser un flot d'insultes.

Avec le recul, je comprends qu'il ait voulu marquer son territoire mais je lui reproche ses préjugés et son manque de diplomatie à mon égard. Pourtant je sais que c'est un passionné et un affectif, mais aucun échange n'est possible, aucun moyen de défense ne m'est offert. Pourquoi cette brutalité verbale ?

On m'a recruté pour mes qualités et mes défauts, pour mon style très atypique alors pour quelle raison devrais-je subitement modifier mon attitude ?

En me demandant de « marcher droit », c'est tout mon équilibre qui s'ébranle, tout ce qui m'a permis précisément d'en arriver là, alors pourquoi devrais-je aller contre-nature ?

Quand Froger prend les rênes de l'équipe, je suis le meilleur buteur du club avec mes trois buts du début de saison. Mais le coach reste fidèle à ses principes, à sa logique : je ne suis plus titulaire et j'endosse la panoplie de l'imparfait remplaçant. Pendant deux mois, je suis désespérément ancré sur le banc et mon temps de jeu se limite à la dernière demi-heure de chaque match. Je n'ai plus l'envie, la motivation, et forcément, je ne marque plus.

L'arrivée de Froger a eu quelques incidences sur les résultats de l'équipe. Elle navigue aux alentours de la quinzième place. Certes, elle ne perd plus, elle n'encaisse quasiment plus de buts mais elle n'en marque pas non plus : seulement cinq en huit matchs.

L'hémorragie est simplement stoppée mais la remontée au classement est incertaine.

Début novembre 1999, à l'occasion de la dix-septième journée, nous allons jouer au Mans, la ville natale de Thierry Froger. C'est donc un rendez-vous très particulier pour lui. Le challenge s'annonce difficile car Le Mans est cinquième du championnat. J'ignore que ce déplacement va causer ma perte.

Exceptionnellement, nous arrivons sur place la veille du match. Je partage la chambre d'hôtel avec le défenseur guinéen, Schumann Bah. Seulement voilà, la chambre en question ne nous convient pas, elle est en face de l'ascenseur et nous préférons loger un peu plus loin, au bout du couloir. Discrètement, nous demandons donc à la réception une autre chambre disponible et le tour est joué.

Nous sommes loin d'imaginer, Schumann et moi, que ce changement va avoir de terribles conséquences.

Le lendemain matin, réveil musculaire pour toute l'équipe, autrement dit une demi-heure de marche suivie du petit déjeuner collégial.

Chacun remonte dans sa chambre et en redescend une heure plus tard pour une séance d'entraînement sur le terrain attenant à l'hôtel.

Hélas pour mon compagnon de chambrée et moi-même, seconde erreur : nous nous endormons.

Je me réveille en sursaut :

« Merde ! On a raté le début de la séance ! Schumann, vite faut descendre ! »

Nous filons rejoindre nos partenaires et nous tentons vainement de justifier notre retard. Réaction implacable de Froger :

« Vous, je vous vire ! Vous dégagez ! Hors de ma vue ! »

Je comprends sa colère même si je la trouve démesurée d'autant que Schumann Bah et moi-même devions être titulaires ce soir-là.

À l'heure du match, toute ma famille et mes amis ont pris place dans les tribunes du stade Léon-Bollée. Schumann et moi, nous nous asseyons sur le banc des remplaçants.

À la mi-temps, le score est d'un but partout. Froger nous demande d'aller nous échauffer. Nous allons trottiner autour du terrain pendant une heure, jusqu'au coup de sifflet final sans jamais faire notre entrée. Châteauroux s'incline 2 buts à 1.

Le lendemain, c'est le décrassage habituel. Dans le vestiaire, je demande mon équipement à l'intendant du club.

« Désolé Steve, mais je ne peux pas te donner ton short et ton maillot. Schumann et toi, vous êtes virés du groupe professionnel ! Vous devez vous entraîner avec l'équipe réserve. »

Je juge la punition sévère. Ne pas jouer le match était déjà une grosse sanction. J'ai du mal à comprendre cet acharnement. Froger veut sans doute faire de nous un exemple. Après tout, ça nous servira de leçon. Je suis loin d'imaginer que la suite du feuilleton sera bien plus frustrante.

Avant de rejoindre la réserve, je repasse par le vestiaire professionnel pour récupérer quelques affaires dans mon casier. Je croise Thierry Froger. C'est le clash !

« Qu'est-ce que tu fous ici, je ne veux plus JAMAIS te voir. Tu n'as plus rien à faire dans ce vestiaire ! Tu as déshonoré le club ! »

Je m'approche de lui et nous voilà face à face comme deux boxeurs se défiant du regard avant un combat ! Le ton monte, légère bousculade, des joueurs nous séparent avant que l'altercation ne prenne mauvaise tournure.

Je me mords les lèvres de rage et je décampe, mais en m'éloignant, je me retourne et je vois le coach prendre mon sac et le jeter dans le couloir devant les yeux effarés de quelques jeunes du centre de formation. Je fixe Froger :

« Ah bravo ! Belle image ! Bel exemple pour tous les jeunes ! Tu n'as pas honte ? Tu crois qu'ils vont avoir envie de bosser avec toi maintenant ? »

Je ramasse mes affaires éparpillées sur le sol et lui lance un dernier regard plein de haine tout en le menaçant :

« Ça ne va pas en rester là, crois-moi ! »

Je rentre chez moi et je raconte toute l'histoire à Karine. Je suis stupéfait qu'un simple retard à l'entraînement prenne de telles proportions ! C'est incroyable, être viré du groupe, subir les foudres d'un entraîneur pour quelques minutes d'absence ! C'est dingue !

J'appelle le coach de la réserve, André Guesdon pour me mettre à sa disposition. Il m'informe des horaires de convocation des jeunes. Je raccroche en lui assurant ma présence lors de la prochaine séance.

Le lendemain, comme chaque jour, je rejoins l'un de mes partenaires, Cédric Daury, dans un petit bar du centre-ville pour prendre un café et lire la presse.

J'ouvre le journal local et je tombe des nues devant l'intitulé d'un article :

Steve Savidan déshonore le maillot.

Je parcours les lignes. Le journaliste évoque un comportement fautif qui conduit à ma mise à l'écart via un communiqué du club.

Je me rends immédiatement au centre d'entraînement, bien décidé à éclaircir ce prétendu déshonneur.

J'aperçois Thierry Froger. Calmement, je tente d'instaurer le dialogue. Sa réponse prend la forme d'un uppercut :

« Quoi ? Tu ne comprends pas ? Mais c'est honteux ce que vous avez fait Schuman et toi. Le jour d'un match en plus !

– Mais quoi ? Comment ça ? Qu'est-ce qu'on a fait de si grave ?

– Oh ça va ! On les a vues les gonzesses sortir de votre chambre ! On sait même qu'elles sont reparties dans une voiture immatriculée 49. Ça te dit quelque chose 49 ? C'est là d'où tu viens, Angers ! On a essayé de vous appeler dans votre chambre, ça ne répondait pas… »

Et là je percute ! Je repense à ce changement de chambre sans prévenir qui que ce soit. J'essaie de me défendre, de lui expliquer le quiproquo. Nous ne connaissons pas ces filles. Elles ne sortaient pas de notre chambre, il y a erreur !

Peine perdue, Froger ne veut rien entendre, bien au contraire :

« De toute façon, on connaît ta réputation, tu peux aller voir le président. Tu seras sanctionné et j'espère même viré du club ! »

Je me rends aussitôt dans le bureau du président, Thierry Sanselme. Lui aussi reste sourd, insensible et réaffirme sa totale confiance envers son entraîneur.

Je n'ai jamais pu m'expliquer sur cette histoire délirante. Je suis banni du groupe professionnel.

S'ensuit une longue période de galère, je suis le pestiféré du club et je n'ai plus le moindre contact avec Thierry Froger.

Châteauroux finit la saison à la huitième place du classement. Quant à moi, je m'apprête à tout arrêter et à rentrer à Angers.

C'est alors que Michel Denisot, président d'honneur, et Thierry Sanselme me convoquent. Contre toute attente, ils ne résilient pas mon contrat et m'annoncent qu'ils comptent sur moi pour l'avenir. Mais dans l'immédiat, ils souhaitent me prêter à un autre club.

« Prêté » ? J'ignore en quoi cela consiste.

En clair, ils me recommandent de changer d'air, d'aller m'aguerrir ailleurs pour revenir au bout d'un an. Un peu comme un enfant doué mais turbulent que l'on jette en pension pour qu'il s'assagisse.

Perplexe, j'avertis mon nouvel agent, Henri Zambelli. En effet, Yannick Le Saux n'a pas la licence obligatoire pour exercer cette fonction officiellement. Il m'a simplement assisté lors de mon premier contrat avant de m'orienter vers Henri Zambelli, un ancien footballeur de Nice, Marseille, Lyon… À la fin de sa carrière, il est devenu agent de joueurs (Jimmy Briand, Bafetimbi Gomis…).

Aujourd'hui, il est conseiller sportif de Valenciennes, en charge de la liaison entre le président Francis Decourrière et l'entraîneur Philippe Montanier, ainsi que de la cellule de recrutement.

C'est donc lui qui me représente à cette époque et se charge de trouver un club susceptible de m'accueillir sous forme de prêt.

Pendant ce temps, Karine et moi partons en vacances en Guadeloupe. Je n'ai pas d'abonnement international donc je laisse mon téléphone portable à la maison.

À mon retour, je découvre les nombreux messages d'Henri Zambelli me priant de le rappeler de toute urgence !

Parmi les différents clubs qu'il a contactés, l'AC Ajaccio a donné son accord mais exige une réponse sous 24 heures.

Impossible pour moi de décider si vite de mon avenir, je demande à Henri de prolonger le délai de réflexion car un événement occupe toute mon attention ce jour-là : les cinquante ans de ma maman. Un anniversaire organisé dans la salle des fêtes du Chaudron, siège de l'ASPTT, le club de mon enfance.

Toute la famille est rassemblée à l'exception de ma sœur aînée, Pascale, vivant aux Antilles depuis plusieurs années. Quant à mon autre sœur, Laurence, elle est venue malgré sa relation ultra-conflictuelle avec notre père.

Les festivités commencent dans la bonne humeur puis l'ambiance devient pesante et dégénère en fin de soirée. À l'origine, une remontrance un peu trop virulente de mon père envers son petit-fils.

Le ton monte, les insultes pleuvent et des coups de poing fusent. Je prends la défense de ma sœur et de son compagnon. La dispute est vive contre mon père, qui m'assène la plus cruelle des répliques :

« Je te renie, tu n'es plus mon fils ! »

Toute la scène se passe devant des dizaines d'invités médusés. L'anniversaire de ma mère est gâché et se termine dans la plus grande confusion à la fois brûlante et glaciale.

C'en est trop ! Ma décision est prise. Le lendemain, j'appelle mon agent et je lui annonce ma ferme intention d'aller à Ajaccio.

Ma priorité est de partir le plus loin possible d'Angers, de quitter cet environnement familial.

Le contrat de prêt se règle par fax : les conditions salariales sont les mêmes qu'à Châteauroux. Je téléphone à mon futur entraîneur Baptiste Gentili et à mon nouveau président, le regretté Michel Moretti (décédé en mars 2008), qui m'expriment leur joie de me compter dans leur effectif.

Nous sommes en juin 2000 et une nouvelle aventure commence, elle va durer une saison.

Je pars en terre inconnue mais c'est justement le but recherché : un nouveau lieu de vie, une nouvelle culture, de nouvelles mentalités. Faire table rase du passé, loin de tout conflit.

Cette expérience ne peut être que bénéfique et va assurément m'endurcir.

***

À mon arrivée en Corse, je vis d'abord dans un hôtel de Porticcio. Je partage ma chambre avec le gardien Tony Sylva, l'un des deux joueurs, avec Sébastien Squillaci, prêtés par l'AS Monaco.

Karine reste à Angers en attendant de trouver un logement pour nous deux.

Très vite, je me lie d'amitié avec le préparateur physique du club, Franck Antoine (aujourd'hui coach sportif pour des particuliers). Grâce à lui, je découvre le véritable sens du surnom « île de Beauté ».

Les petits villages de la Corse du Sud, les fêtes locales, les peintures de Pierre Farel… Je m'ouvre au domaine artistique et culturel, sans doute parce que j'ai soif de découverte, bien conscient du retard accumulé depuis mon enfance.

Je veux rattraper le temps perdu et je me nourris de nouveaux projets comme la restauration : l'envie me brûle de monter un jour mon propre restaurant. J'observe avec attention l'accueil, le service, l'architecture, la décoration. Il me faudra quelques années pour concrétiser ce désir.

En Corse, je pratique de nouvelles disciplines sportives. Jusque-là, ma conception du sport se résumait à une débauche d'énergie, une succession d'efforts physiques.

Là je découvre les sports nautiques (le jet-ski), la moto (cross ou trial), le beach-volley, le tennis et même le judo.

À l'exception de Franck Antoine, tout mon entourage est extérieur au monde du foot.

On m'appelle « le petit » et j'ai la chance d'être adopté par la population, de bénéficier d'un vrai capital de sympathie et d'une générosité débordante. Sachant que je suis à la recherche d'un appartement à louer, ma boulangère me prête gratuitement son studio pendant deux mois. Un cadre de rêve, en face des îles Sanguinaires, avant d'emménager à l'automne avec Karine dans le centre-ville d'Ajaccio. Voilà l'hospitalité corse dans toute sa splendeur.

Autre preuve de notre intégration expresse : ma femme, bien décidée à reprendre la vie active pour ne pas s'ennuyer au quotidien, décroche rapidement un job de vendeuse pour un magasin de chaussures situé cours Napoléon.

Si l'ambiance est excellente au sein de l'équipe, le parcours en championnat est un dur labeur. Nous plongeons rapidement dans la zone des relégables.

Offensivement, c'est la catastrophe. Durant tous les matchs aller, nous n'inscrivons que dix buts en dix-neuf matchs.

Personnellement, je n'en marque que deux en cinq mois mais je ne joue plus avant-centre. Je suis repositionné dans le couloir gauche. Un nouveau poste pour moi qui m'apprend d'autres facettes du métier de footballeur : le replacement, le sens de la passe, les efforts défensifs. Auparavant, je n'avais aucun style, j'étais un simple finisseur.

J'avoue m'épanouir dans ce nouveau registre, je compense ma frustration de ne plus marquer par le sentiment d'enrichir considérablement mon bagage de footballeur.

Toute mon existence est jalonnée d'événements heureux et néfastes. Comme si le bonheur absolu n'existait pas, comme si une malédiction pesait sur moi en permanence.

Je le vérifie une fois de plus le tout premier jour de l'année 2001.

Bienvenue dans le XXIe siècle et le troisième millénaire.

Le 1er janvier 2001 à 10 h 25 : je constate avec effroi que mon compte bancaire vient d'être piraté !

85 700 francs (13 000 euros environ) volatilisés. Je suis victime comme sept cents autres clients de la Caisse d'épargne d'Angers d'un gigantesque vol collectif le même jour, à la même heure et du même montant. Ce qui représente un détournement de 60 millions de francs (9 millions d'euros).

Au début, personne ne soupçonne une escroquerie, je suis même sévèrement réprimandé par mon banquier qui s'insurge par téléphone de mes folles dépenses personnelles :

« Mais tu t'es acheté quoi le lendemain du réveillon ? Une voiture ? »

Ce n'est que le 3 janvier que le piratage est avéré et dévoilé au grand public. La banque ne peut rembourser immédiatement autant de clients ! 9 millions d'euros ne se réinjectent pas du jour au lendemain. Il faut du temps, beaucoup de temps avant de régulariser la situation pour toutes les victimes.

La Banque de France et la justice se saisissent de l'affaire, mon compte est provisoirement bloqué, gelé.

Plus aucun retrait de liquidités n'est possible et la moindre opération prend un temps infini comme de transférer mon salaire sur le compte de Karine.

Évidemment, le Trésor public me tombe dessus car les virements mensuels sont suspendus.

Bref, je subis toutes les conséquences de cette vaste fraude. Je gagne 35 000 francs par mois (5 300 euros) mais la moindre dépense exige un véritable parcours du combattant !

Avant que l'enquête aboutisse, personne ne se soucie du sort des victimes qui doivent simplement s'armer de patience. Cette longue attente va durer six mois.

Et vogue la galère ! À Angers, je m'éclatais sur un terrain de foot mais je n'avais pas d'argent. À Châteauroux, c'était l'inverse : un bon train de vie mais une carrière en sommeil. À Ajaccio, je retrouve du plaisir balle au pied et voilà qu'une sombre escroquerie vient nous pourrir la vie !

Nous terminons la saison à la douzième place et je finis deuxième meilleur buteur du club avec six buts, derrière Anthony Bancarel.

Ma période de prêt s'achève, je retourne à Châteauroux mais j'ignore le sort qui m'est réservé. Entre espoir et résignation, je suis fixé au retour des vacances, lors de la reprise de l'entraînement.

Je suis toujours INDÉSIRABLE !

Thierry Froger est encore à la tête de l'équipe et il ordonne ma mise à l'écart du groupe. Je m'entraîne donc seul, je n'ai droit à aucune séance avec les pros, le stage de préparation se passe sans moi et je ne dispute aucun match amical.

En revanche, j'ai l'obligation de « pointer » sous peine d'être licencié pour non-respect des horaires d'entraînement. Et je dois être très vigilant pour éviter les pièges qui me sont tendus. Une séance prévue à 10 heures est exceptionnellement avancée d'une heure sans que personne au club ne m'en informe.

Heureusement, je compte encore quelques amis dans l'effectif qui me préviennent du changement.

Comme je n'ai plus aucun logement à Châteauroux, Karine est repartie vivre à Angers. Je n'ai plus de domicile fixe, j'alterne les nuits chez l'un de mes partenaires David Coulibaly ou au centre de formation dans une sorte de cagibi faisant office de chambre.

Un jour, je dis stop. J'en ai assez de cette situation et je décide de contre-attaquer. Je connais mes droits et je sais que tout joueur professionnel doit obligatoirement s'entraîner sous la direction d'une personne titulaire de TOUS les diplômes d'État requis. Or, ce n'est pas mon cas : c'est un simple préparateur qui m'assiste dans mes inlassables tours de terrain quotidiens ! J'alerte Régis Garrault, le responsable UNFP[2] de la région Centre, qui, dès le lendemain, vient constater l'irrégularité. Châteauroux doit se mettre en conformité avec le règlement et engager un entraîneur qualifié, Philippe Vaugeois.

La saison 2001-2002 commence. Je suis toujours au club, officiellement en instance de départ. Je suis convoqué par le manager général, Jean-Michel Moutier qui me tient un discours totalement inattendu :

« Le club croit en toi, il est hors de question de mettre fin à ton contrat ni même de te transférer définitivement, on souhaite te prêter à un club.

– Mais il ne me reste plus qu'un an de contrat. Je ne peux pas être prêté ! »

En effet, il est strictement interdit de prêter un joueur dans sa dernière année de son premier contrat professionnel.

« Eh bien nous allons te proposer un nouveau contrat.

– Mais, c'est absurde. Payez-moi plutôt ma dernière année et je m'en vais. Ça ne sert à rien de prolonger l'aventure. Personne ne veut de moi ici ! »

Jean-Michel Moutier insiste et confirme sa volonté de me voir porter encore le maillot de Châteauroux, mais pas avant l'année prochaine.

J'en déduis que la position de Thierry Froger est peut-être fragilisée, qu'il ne restera pas indéfiniment dans ce club.

---

2. Union nationale des footballeurs professionnels : syndicat créé en 1961 par Raymond Kopa, Eugène N'Jo Léa et maître Jacques Bertrand, dans le but de défendre les droits et les intérêts des footballeurs professionnels.

J'accepte la prolongation de contrat d'autant que je n'ai pas d'autres solutions à court terme, aucun club n'a manifesté son intérêt pour moi. Mais je pose deux conditions :

« Je veux un nouveau contrat de deux ans et un salaire de 45 000 francs la première année (6 800 euros), 50 000 francs la deuxième (7 600 euros). Et je veux choisir moi-même le club qui va m'accueillir en prêt. »

J'ai l'idée de revenir jouer au SCO d'Angers qui évolue en National et qui prendrait à sa charge 50 % de mon salaire.

En deux jours, l'affaire est conclue et la presse angevine titre :

Le retour du messie.

Mon ascension professionnelle est stoppée, voire ralentie mais, à vingt-trois ans, j'ai besoin de ce retour aux sources pour retrouver mes sensations. Je suis tellement déçu du monde professionnel, impitoyable et cruel.

Je passe donc toute la saison 2001-2002 dans ma ville natale, dans mon club de toujours. Je joue uniquement pour le plaisir. Les résultats sont moyens, on finit neuvième et je ne marque que six buts. Mais je n'ai plus d'objectif de carrière. Ma priorité, c'est ma vie privée, mon futur rôle de père. Karine est enceinte, ce sera un garçon, Joris.

À Angers, je retrouve mes amis. Mon nouveau contrat signé avec Châteauroux m'assure un bon train de vie. J'achète une nouvelle voiture, une Audi TT, tout en promettant à Karine que je la revendrai à la naissance de notre fils pour la remplacer par une berline plus familiale !

Durant toute la saison, je n'ai aucun contact avec La Berrichonne. Je sais pourtant que je suis forcé d'y retourner, que mon avenir dépend du bon vouloir de ses dirigeants.

Même si Thierry Froger est toujours l'entraîneur, j'espère sincèrement que le conflit s'est éteint, que cette longue séparation a pu apaiser les esprits.

Mais une fois de plus, la poisse va ranimer les hostilités.

***

En vacances en Corse, je prévois de revenir sur le continent la veille de la reprise, c'est-à-dire un dimanche. Comble de malchance, c'est précisément ce jour-là qu'un mouvement de grève paralyse le trafic aérien. Mon vol est annulé et reporté au lundi matin.

Étant donné mon passif à Châteauroux, je doute que mon absence le jour du premier entraînement soit pardonnée.

Je demande à l'aéroport tous les justificatifs de la compagnie aérienne attestant cette grève surprise et prouvant que mon retard est indépendant de ma volonté.

J'atterris à Paris-Orly lundi en fin de matinée, à l'heure où se termine la première séance et j'arrive au siège du club dans l'après-midi.

Le nouveau président délégué, Patrick Trotignon me reçoit, le visage grave :

« Bon Steve, on ne peut pas continuer comme ça…

– Mais je n'y suis pour rien, il y avait une grève et d'ailleurs voici la preuve de ma bonne foi.

– OK, mais bon, de toute façon, ça ne peut pas durer.

– Mais c'est vous qui souhaitiez que je reste, moi je suis d'accord pour m'en aller, je n'ai joué que quelques matchs. Vous me payez ma dernière année de contrat et basta ! »

L'heure de la séparation a sonné. Rupture définitive, à l'amiable. Fin du feuilleton castelroussin. Je suis au chômage, j'appelle mon agent, Henri Zambelli, qui se veut rassurant et résolument optimiste.

Trois jours plus tard, je reçois un appel de Baptiste Gentili. Il n'est plus à Ajaccio, il a été remplacé par Rolland Courbis. C'est désormais le nouvel entraîneur de… Beauvais, en Ligue 2 (on ne dit plus deuxième division).

Il me tient des propos élogieux et souhaite vivement m'intégrer à son effectif. Selon lui, j'ai le profil idéal pour conduire l'attaque de l'association sportive Beauvais-Oise, et former un duo gagnant avec un autre jeune buteur prometteur : Grégory Thil[3].

J'accepte sans trop réfléchir et j'annonce à Karine notre prochaine destination :

« Chérie, nous partons à Beauvais

– Quoi ? Mais c'est où ça Beauvais ? Dans le Nord ?!

– Oui, enfin, au nord de Paris… en Picardie. »

À l'époque, *Bienvenue chez les Ch'tis* n'est pas encore sorti en salle mais la réaction de ma femme aurait pu inspirer Dany Boon.

« Dans le Noooord ?! »

***

Je signe deux ans à Beauvais. Les conditions salariales sont sensiblement les mêmes qu'à Châteauroux. Mais pas de prime à la signature et pas de prime de but. Ce type de clause est fréquent pour les attaquants : un bonus financier leur est attribué à chaque but inscrit. Dans toute ma carrière, j'ai toujours refusé d'ajouter cette prime car j'estime être engagé essentiellement pour marquer des buts.

De nouveau une distance géographique s'instaure entre Karine et moi, comme à chaque changement de club. En

3. Grand artisan de la montée historique de Boulogne-sur-Mer en Ligue 1, en 2009.

attendant de trouver un appartement, Karine reste à Angers et je vis dans un hôtel de Beauvais.

Clin d'œil du destin, le premier match de la saison nous emmène à Châteauroux. Je suis remplaçant, j'entre pour la dernière demi-heure. Nous perdons 1-0.

Cinq jours plus tard, le jeudi 8 août 2002, à 2 heures du matin, Karine m'appelle en urgence, Joris va voir le jour.

Je préviens Baptiste Gentili par texto de mon départ précipité. Je serai de retour vendredi, il peut compter sur moi pour le match de samedi.

Il est un peu plus de 4 heures du matin lorsque j'arrive à la clinique Saint-Laud, à Angers. Karine est encore dans sa chambre. Je l'accompagne en salle de travail et j'assiste à l'accouchement. Je suis impressionné mais je me sens inutile. À part tenir la main de ma femme, que puis-je faire ? Je m'effondre en larmes à la vue de mon bébé. Sensation extraordinaire d'union, de symbiose totale quand je le prends dans mes bras. Il semble si fragile.

Le jour où je deviens père, ma vision de la vie est radicalement différente.

L'arrivée de Joris est un merveilleux chamboulement mais les trois cents kilomètres qui me séparent de lui ralentissent mon apprentissage de vie de père. Vivement que je trouve un appartement pour nous trois.

C'est chose faite à la mi-septembre : un petit nid familial dans la périphérie de Beauvais.

« Toc-toc ! Bonjour, c'est la scoumoune qui vous rend visite ! »

Il fallait bien que cette satanée malchance revienne dans notre vie. L'appartement se trouve à un kilomètre d'une usine qui avait cessé sa production durant l'été. Son activité reprend en septembre avec son lot de désagrément : du matin jusqu'au soir, de 8 heures à

20 heures, l'usine dégage une forte odeur de caoutchouc qui empeste l'atmosphère !

Avec le bébé, nous devons fermer toutes les fenêtres car l'air est franchement irrespirable. Nous n'avons ni le courage ni le temps de partir en quête d'un autre domicile alors nous vivons cloîtrés, barricadés dans cet environnement nauséabond.

Plus de sortie au restaurant, peu de vie sociale, chaque fois que nous le pouvons, nous redescendons à Angers.

Sur le terrain, ce n'est pas l'épanouissement souhaité.

Comme à Ajaccio, à mi-parcours, nous avons la plus mauvaise attaque de Ligue 2 : onze buts en dix-neuf matchs, l'histoire se répète !

Au classement, nous sommes neuvième à la fin des matchs aller mais la phase retour est une spectaculaire dégringolade !

Je joue souvent dans le couloir gauche ou droit, je réussis sept passes décisives mais je ne marque aucun but en vingt-six matchs de championnat. Il n'y a qu'en Coupe de France que je retrouve par trois fois le chemin des filets.

En signant à Beauvais, mon ambition était réelle, mais, au fil des mois, je ne fournis pas les efforts suffisants, je manque de motivation. Dans l'équipe, il y a des clans auxquels je n'appartiens pas. Pas vraiment de dynamique, de solidarité. Je suis totalement isolé. Je m'emmerde. J'ai le sentiment d'être devenu un footballeur stéréotypé qui se rend machinalement à l'entraînement, qui agit comme un automate sans aucune passion.

Cette expérience à Beauvais aurait été un immense gâchis sans la présence de Cédric Pardeilhan. Cédric est un joueur basque qui a failli connaître la gloire au PSG en

1995-1996, sous l'ère de Luis Fernandez, mais la forte concurrence l'a poussé à poursuivre sa carrière en Ligue 2 et en National.

Il est aujourd'hui entraîneur adjoint à Bayonne.

À Beauvais, c'est mon seul ami. Je l'accompagne dans son passe-temps favori : la pêche à la mouche.

Ma vie de famille avec Karine et Joris et les distractions avec Cédric Pardeilhan sont les seules satisfactions de cette période beauvaisienne. En championnat, l'agonie du club se traduit par une relégation en fin de saison.

À l'évidence, je ne suis pas fait pour le football de haut niveau. J'ai beau être compétiteur dans l'âme, c'est le monde amateur qui me convient le mieux. D'ailleurs, mon niveau de jeu ne vaut guère mieux que le National. Je conçois le football uniquement comme un jeu, un plaisir où l'on s'amuse quand on gagne, où l'on relativise quand on perd. Une défaite ne doit pas engendrer de lourdes conséquences comme l'éviction d'un entraîneur.

Or, dans un club professionnel, ça ne fonctionne pas comme ça. Quand la situation sportive est critique, la bonne humeur disparaît, la solidarité vole en éclats, c'est chacun pour soi et la chasse aux coupables est ouverte.

J'en viens aussi à la réflexion suivante : ne suis-je pas un « chat noir »? Dans tous les clubs où j'ai évolué, Châteauroux, Ajaccio et Beauvais, jamais je n'ai pu goûter au haut du classement. Au mieux, l'équipe est classée en milieu de tableau, au pire, elle lutte pour le maintien. Et à chaque fois que je quitte un club, il amorce son redressement : sans moi, en 2004, Châteauroux réalise une fabuleuse épopée en Coupe de France, jusqu'à la finale. Un an après mon passage, l'AC Ajaccio monte en Ligue 1. Je ne suis jamais là au bon moment.

Je repense à toutes ces petites péripéties : les fausses accusations à Châteauroux, le piratage de ma carte bancaire, l'odeur insupportable de caoutchouc à Beauvais, bientôt une autre mésaventure dont je suis victime : un carjacking. Ma voiture est subtilisée sous mes yeux pendant que j'insère des pièces dans un parcmètre !

Il est grand temps de fuir cette maudite Ligue 2 et son lot de malédictions.

***

Lundi 19 mai 2003, la dernière journée de championnat se profile. Beauvais est quasiment condamné à la descente en National. Baptiste Gentili me convoque et me fait endosser toute la responsabilité de cet échec sportif. Il me reproche ma nonchalance tout au long de la saison, mon manque d'engouement et d'investissement pour le club, selon ses termes, je suis un « branleur » !

Revoilà l'éternelle rengaine sur mes défauts ! Autant j'accepte d'être jugé sur mes performances, très médiocres sur le terrain, autant je réfute les critiques sur mon comportement.

En fait, je suis le bouc émissaire idéal, je sais que plusieurs joueurs m'ont sali. Mon attitude j'm'enfoutiste, mon insouciance, mon caractère difficile à cerner et mon isolement du groupe font de moi le coupable parfait. Je suis convaincu que Baptiste Gentili est lui aussi manipulé mais qu'importe. En dépit des douze mois de contrat qu'il me reste, je suis congédié.

Je sors de l'entretien et compose le numéro des renseignements téléphoniques. Je demande à être mis en relation avec une société de déménagement. Puis, j'appelle Henri Zambelli.

Malgré ma colère, je décide d'être présent à toutes les séances d'entraînement de la semaine.

Jeudi midi, des dizaines de cartons sont entassés dans le salon. Le camion de déménagement est au pied de l'immeuble.

Dans l'après-midi, je ferme à double tour la porte de notre appartement vide. Je conduis Karine et Joris à la gare. Je passe la nuit chez Cédric Pardeilhan.

Vendredi matin, entraînement puis état des lieux avec l'agence immobilière.

Samedi soir, ultime match de la saison contre... Châteauroux. Défaite de 1-0. Personne ne m'adresse la parole. Je prends une douche express et je grimpe dans ma voiture.

À cet instant, je repense à la scène mythique du festival de Cannes, en 1987, lorsque Maurice Pialat, hué par une partie de l'assistance, reçut la Palme d'or pour *Sous le soleil de Satan*. Il avait alors levé le poing et craché son mépris : « Si vous ne m'aimez pas, je peux vous dire que je ne vous aime non plus. »

C'est exactement le sentiment qui m'envahit lorsque, ce samedi 24 mai 2003, j'emprunte l'autoroute pour quitter définitivement Beauvais.

L'Appel des Bleus
3

Lundi 17 novembre 2008 : J-2

Le jour du départ pour Clairefontaine est arrivé. Je prépare mon sac. Je ne suis pas un joueur superstitieux mais j'ai mes porte-bonheur : deux caleçons que je porte pour les matchs. On me les a offerts lors de la montée en Ligue 1 avec Valenciennes. L'un est à l'effigie de Superman et l'autre stylé « chippendale », rose et bleu. Ce ne sont pas seulement des objets fétiches, ils me rappellent surtout les matchs avec mon club et lors de ce séjour en équipe de France, je tiens à garder un lien avec mon quotidien de joueur de championnat.
Je n'emmène rien d'autre de spécial, pas de gri-gri, pas de musique, pas de photo, pas même de… cigarettes ! J'aborde ici un sujet tabou dans le monde du foot : le tabac. Le tabac est incompatible avec le sport de haut niveau et pourtant bon nombre de footballeurs professionnels fument ! Je ne dois pas être très loin de

la réalité en estimant à 20 % l'ensemble des joueurs fumeurs occasionnels ou réguliers dans le championnat de France. Cette grande proportion peut surprendre car nous sommes censés avoir une hygiène de vie exemplaire, un régime irréprochable pour courir sur un terrain pendant quatre-vingt-dix minutes. Vous regarderez peut-être désormais différemment un match en sachant qu'en moyenne, au coup d'envoi, il y a quatre à cinq fumeurs sur la pelouse !
Pour ma part, la clope est le seul palliatif pour combattre mon anxiété légendaire. C'est aussi peut-être la raison pour laquelle je me dépense autant sur un terrain, je redouble d'effort dans les courses justement pour garder le souffle. Le pire, c'est qu'adolescent je ne fumais pas. C'est le foot professionnel qui m'a donné ce vice. Ma première cigarette, c'est un partenaire qui me l'a offerte au début de ma carrière...

Mon entraîneur, Franck Dumas, s'est gentiment proposé de me conduire à Clairefontaine en voiture.
Nous arrivons avec une demi-heure d'avance. Le stress m'envahissait depuis mon réveil, il s'estompe comme par enchantement lorsque le responsable de la sécurité à l'entrée de Clairefontaine me lance avec un grand sourire : « On vous attendait m'sieur Savidan ! »
Je ne pouvais rêver plus bel accueil. Moi le footballeur « d'en bas », on m'attendait !
Je descends de la voiture, prends congé de mon coach et me voilà, le sac sur l'épaule, prenant la direction du château. À peine cinquante

mètres de marche, seul avec mes envies, mes peurs. Je savoure chaque pas, je contemple les lieux qui ne me sont pas inconnus. Je suis déjà venu jouer un match avec l'équipe de l'UNFP. Soudain, je l'aperçois, la première personne dans mon champ de vision, debout devant le château : Raymond Domenech.
Plus que quelques mètres, je lui souris, il me tend la main et me dit :
« Ça me fait plaisir que tu sois là. »
Bizarrement, encore à cet instant, je m'attends à ce qu'il me dise : « Ben voilà, ça y est, tu as vu, maintenant tu peux repartir ! Salut ! » C'est dire à quel point j'ai l'impression de plonger dans un rêve. Mais je suis bien éveillé et c'est la douce réalité. J'entre dans le château et j'accomplis les formalités administratives.
Je découvre une autre belle surprise : tous les sacs des joueurs sont numérotés et ce numéro correspond au maillot qu'ils porteront le jour du match contre l'Uruguay.
Je vois : Savidan, 9.
Je suis aux anges.
C'est tellement symbolique pour un attaquant de porter le numéro 9 dans son club alors imaginez en équipe de France !

Et les bonnes nouvelles continuent : j'apprends que je partage ma chambre avec… Franck Ribéry. Trop cool ! C'est justement avec lui que je désirais être. Habituellement, Éric Abidal est son compagnon de chambrée mais le défenseur de Barcelone n'est pas du rassemblement à cause d'une blessure.

Manu, l'intendant de l'équipe de France m'accompagne jusqu'à la chambre. Franck n'est pas encore arrivé. Je prends la précaution de demander lequel des deux lits m'est attribué.
Quinze minutes plus tard, Ribéry déboule dans la chambre. Ce n'est pas la première fois que nous nous voyons. Cinq ans auparavant, lors de la saison 2003-2004, nous avons même joué deux fois l'un contre l'autre, en National ! Lui débutait à Brest et moi j'évoluais à Angoulême.
« Steve, ça me fait super plaisir de te revoir ! »

D'entrée, il me met à l'aise, me raconte sa première sélection chez les Bleus. C'était juste avant la Coupe du monde 2006, le 27 mai, à l'occasion d'un match amical contre le Mexique, à Saint-Denis. Il me confie ce qu'il a ressenti ce jour-là. Il m'avoue que lui aussi a « flippé », se sentait un peu perdu. Pour l'anecdote, c'était la dernière apparition de Zidane au Stade de France.
Franck se préoccupe de mon bien-être, me demande si j'ai besoin de places supplémentaires pour le match de mercredi, si j'en ai suffisamment pour ma famille et mes amis proches. Il m'explique les démarches pour obtenir des maillots auprès de l'équipementier de l'équipe de France, qui est également le mien : Adidas. Il me détaille tous les rouages qu'un novice doit connaître lorsqu'il arrive à Clairefontaine. Franck Ribéry devient mon guide, mon tuteur et entreprend de me faire visiter les lieux : la salle de kiné, le restaurant, le vestiaire, la salle vidéo…

Et je constate que sa réputation n'est pas une légende: c'est un grand farceur! Durant ce séjour à Clairefontaine, Ribéry ne cesse de me faire des blagues.
Il saisit la moindre occasion pour me chambrer ou me piéger. Tout est prétexte au canular. C'est un bizutage permanent!
Il y a, par exemple, chaque jour un code vestimentaire. Le pantalon est toujours bleu mais c'est la couleur du haut qui change. Ainsi, le lundi, c'est sweat blanc, le mardi rouge et le mercredi nous sommes tout en bleu. Eh bien, comme j'ignore à mon arrivée le véritable code vestimentaire, Franck me fait croire que le premier jour, nous devons porter un étrange mélange de bleu, blanc, rouge avec encore une couche de bleu et rouge par-dessus le blanc.
Je me change à la hâte en suivant scrupuleusement ses instructions et c'est en contemplant mon accoutrement dans la glace que je découvre ma tenue grotesque. Je me retourne sceptique et je le vois hilare sur son lit:
« Eh j'déconne! »

Dans la foulée, il m'annonce très sérieusement qu'il est strictement interdit de téléphoner dans les chambres, que de toute façon le réseau est brouillé à certaines heures dans l'enceinte même du château. Ou encore que les combinés téléphoniques dans chaque pièce sont sur écoute.
Concernant les séances d'entraînement, il m'informe que les remplaçants ne sont jamais sur le même terrain que les titulaires, qu'il n'y

a jamais de séance collective où se mêlent les nouveaux et les anciens.
Devant mon inquiétude grandissante, il éclate de rire et ponctue toujours ses vannes d'un « Eh j'déconne ! ».
Et je plonge à chaque fois, me disant que sur toutes les infos bidon qu'il invente il y en a forcément une qui est vraie.
Rebelote à table lors du premier repas où il me fait changer trois ou quatre fois de place :
« Non, non, ne te mets pas là, c'est la place de Vieira... Ah non, pas là non plus, c'est celle de Thierry Henry... Eh mais t'es dingue, t'es assis sur la chaise de Gallas ! »
Je comprends enfin son petit manège et finis par lui lancer :
« Oh ! Tu me saoules avec tes blagues ! »
Et je le vois, écroulé sur la table, mort de rire sans oublier son fameux « Eh j'déconne ! ».
L'ambiance est détendue, Franck a favorisé mon intégration. Je me sens bien. Mais je garde en tête l'objectif pour lequel je suis ici et la causerie de l'après-midi me conforte dans cette idée.

En effet, avant la première séance d'entraînement, nous avons rendez-vous dans le vestiaire de Clairefontaine, où Raymond Domenech nous attend pour son premier discours, ce que l'on appelle communément une causerie.
Je suis assis entre Samir Nasri et Gaël Clichy. Nous sommes à deux jours du match contre l'Uruguay et, déjà, le sélectionneur nous parle

d'objectif, d'un objectif sur le LONG terme.
Pour lui, la rencontre de mercredi est anecdotique, l'important, c'est la qualification pour la phase finale de la Coupe du monde.
Ce rassemblement s'inscrit dans le cadre d'une préparation à un GRAND événement. Ce n'est que la continuité d'un programme qui doit nous conduire en Afrique du Sud en 2010 :
« … Et tout le monde ici est concerné par cet objectif. J'ai bien dit TOUT le monde ! »

Raymond Domenech me fixe en prononçant cette dernière phrase.
Par ces quelques mots, il vient d'investir TOUT son auditoire dans sa quête finale. Qu'il est loin le débat médiatique sur l'intérêt ou non de ma convocation, sur le fait que je ne suis plus tout jeune…
Désormais, du moins pendant ces trois jours de rassemblement, je fais partie intégrante du groupe France et du but qu'il s'est fixé.
Après cette séance de motivation, place au premier entraînement. L'adaptation se passe bien. Non seulement je ne ressens aucune animosité ni suffisance de la part des anciens, bien au contraire, je plaisante avec Anelka, Benzema et bien sûr Ribéry.
Je reste fidèle à mes habitudes en club : je me dépense sur le terrain, je montre mon envie sans modération dans les efforts à tel point que certains défenseurs ironisent :
« Hé arrête de courir Steve, on n'est pas encore mercredi ! »
Patrick Vieira passe devant moi et me glisse :

« Ça me fait plaisir que tu sois là ! »
J'avoue que je n'imaginais pas être accueilli aussi gentiment, aussi chaleureusement.

***

Le soir vient l'heure du dîner et… du bizutage. Vieira, Henry et Ribéry s'approchent de moi :
« C'est ta première avec nous donc… c'est la règle, faut que tu fasses un discours ou alors une chanson ! Et tu dois monter sur la chaise. »
Même si je m'attendais à ce genre de défi, je ne sais pas trop quoi dire. Face à moi, une quarantaine de personnes : dix-neuf joueurs et le staff technique au grand complet. J'hésite à entonner *La Marseillaise*. Finalement, je fais parler mon cœur avec une pointe de culot qui me caractérise :
« Ben voilà, je suis super-fier d'être là, de pouvoir représenter la France. Je vais essayer d'apprendre auprès des anciens et… je vais essayer d'apporter aux jeunes mon expérience… »
Et je me marre ! L'assistance rigole aussi. C'est bien la première fois qu'un nouveau venu en équipe de France ose parler de son expérience qu'il veut transmettre aux jeunes qui, eux, ont déjà été sélectionnés plusieurs fois ! Un comble ! C'est tout moi ça !
Je m'apprête à me rasseoir mais je me ravise pour ajouter :
« Ah oui, j'oubliais : et vive la France ! »

L'assistance éclate de rire et m'applaudit. Mon regard se dirige vers Raymond Domenech qui

me sourit. Je remarque son pouce levé et je devine sur ses lèvres : « Super ! »
Incroyable ! Moi, Steve Savidan, je suis encouragé par le sélectionneur national, ovationné par les meilleurs joueurs français alors que, cinq ans auparavant, aucun entraîneur ne voulait de moi, aucun club, même de seconde zone, ne s'intéressait à moi et je m'apprêtais à pointer au chômage ou tout bonnement mettre un terme à ma courte carrière…

4
D'ANGOULÊME À VALENCIENNES

Après l'échec de Beauvais en 2003, j'appelle Régis Garrault, à l'UNFP, pour lui annoncer qu'à mon retour de vacances je souhaiterais rejoindre l'équipe des chômeurs pour participer au traditionnel stage et disputer une série de matchs amicaux pendant l'été.

Fin juin, j'ai deux touches plus ou moins sérieuses : avec un club de Ligue 2, Tours et une formation de National, Bayonne, entraînée par Christian Sarramagna et où vient de signer mon ami Cédric Pardeilhan.

Une troisième piste survient par le plus grand des hasards : Angoulême.

C'est un simple coup de fil qui va changer ma vie. Un appel d'Alban Gaborit, un ancien coéquipier du SCO d'Angers, qui a aussi suivi les mêmes études que Karine.

Alban me révèle qu'il joue maintenant à Angoulême en National. L'ambiance y est géniale.

« Pourquoi tu ne viendrais pas t'entraîner avec nous là-bas ? Si tu veux garder la forme, rejoins-nous. Franchement, ce sera plus sympa que les stages de l'UNFP et puis tu dormiras à la maison ! »

J'accepte son invitation, pars à Angoulême et, dès mon arrivée, je retrouve des joueurs que j'avais déjà croisés sur des terrains du championnat national lorsque j'évoluais au SCO d'Angers.

Je découvre effectivement un groupe très uni et très fort, mais dans mon esprit, je ne suis que de passage, simplement quelques jours pour parfaire ma condition physique.

Le deuxième jour, le président, Robert Diacono, et l'entraîneur, Pascal Chavaroche, m'invitent à déjeuner pour me faire part de leur intention de me conserver dans l'effectif.

Problème de taille : ils n'ont pas les moyens de m'offrir l'équivalent de mon salaire à Châteauroux. À leur grande surprise, je leur réponds que je suis prêt à consentir de gros efforts financiers. Les négociations commencent.

Le lendemain, nouvel entretien avec les dirigeants d'Angoulême. Ils me proposent un contrat de deux ans rémunéré 3 000 euros net par mois. C'est 4 000 euros de moins qu'à Châteauroux.

« Est-ce que c'est le maximum de ce que vous pouvez m'offrir ?

– Hélas oui. On ne peut vraiment pas vous payer plus cher.

– Ce n'est même pas la moitié de mon salaire à Châteauroux…

– Oui, on s'en doute mais vous savez, avec à peine 1,3 million d'euros de budget prévisionnel pour cette saison, on ne peut pas aller plus haut et le club n'a pas le statut professionnel. Les salaires sont donc limités et soumis à un plafond.

– Je comprends. Mais peut-être pourriez-vous rajouter quelques avantages. Par exemple, me prêter une voiture.

– Ah oui, ça, c'est possible.

– Alors c'est d'accord. 3 000 euros par mois et une voiture à disposition pendant la durée de mon contrat. »

Marché conclu, je signe dans le cinquième club de ma carrière et j'annonce la nouvelle par téléphone à mon agent, Henri Zambelli, qui s'insurge violemment de ce péché d'inconscience :

« Mais qu'est-ce que tu as fait ? ! T'es dingue ou quoi ! Tu te rends compte, c'est un club de National qui est encore amateur, tu divises par deux ton salaire ! Tu pouvais attendre un peu, je t'aurais sûrement trouvé un meilleur club d'ici la fin du mois. Pourquoi tu as été si pressé ?

– Henri, je t'assure, j'y crois à ce projet et je me sens bien ici.

– OK Steve. Fais comme tu veux. Envoie-moi le contrat par fax que je l'examine. »

Il a peut-être raison. J'ai signé sur un coup de tête, ou plutôt sur un coup de cœur et je prends conscience de l'énorme sacrifice financier. Je perds 60 % de mes revenus, je vais devoir payer un loyer d'habitation, auparavant pris en charge par les clubs professionnels. Il y a des crédits à rembourser dont les mensualités sont établies sur la base de mon salaire à Beauvais.

Mais je me sens bien dans ce nouvel environnement, je vois mon fils faire ses premiers pas, le cadre de vie est agréable.

Dès l'entame de la saison, je retrouve toutes les valeurs qui me font aimer le football : l'envie, la hargne, la solidarité. Je m'éclate avec mes nouveaux partenaires, je joue à mon vrai poste : avant-centre avec le numéro 9 dans le dos et j'inscris sept buts durant la phase aller. Au-delà de l'efficacité offensive, mon épanouissement sur le terrain se traduit par des louanges de la presse spécialisée. L'hebdomadaire de référence, *France football*, me nomme « homme du match » quasiment une semaine sur deux !

Mais les résultats d'Angoulême ne sont pas bons. Nous flirtons avec la zone des relégables et trois entraîneurs se succèdent à la tête de l'équipe.

En décembre 2003, juste avant la trêve hivernale, je reçois un coup de fil de Daniel Leclercq, le coach de Valenciennes, également engagé en National. Il suit avec beaucoup d'intérêt mes prestations et me propose un nouveau challenge sous le maillot du club nordiste dès le mercato d'hiver ! Sa proposition est alléchante : 7 500 euros et d'autres petits avantages non négligeables. Il est séduit par mon style de jeu, me considère comme un footballeur atypique :

« Je n'aime pas les joueurs trop lisses. Un type qui n'a pas de défaut ne peut pas être un grand joueur ! Je t'apprécie tel que tu es et j'aimerais vraiment t'avoir dans mon effectif. »

Je bois ses paroles tout en restant lucide et méfiant, les expériences passées m'ont incité à la plus grande prudence, m'interdisant tout excès d'optimisme.

Paradoxalement, alors que je me plais à Angoulême, je laisse la porte ouverte à un éventuel départ.

Daniel Leclercq est une figure dans le monde du football. Ex-joueur emblématique du Racing Club de Lens dans les années 1970, il en a aussi été l'entraîneur vingt ans plus tard, couronné du titre de champion de France en 1998.

Je suis très honoré par son appel comme je l'avais été quatre ans plus tôt lorsque Joël Bats m'avait contacté.

Mais ce que j'ignore, c'est qu'il est formellement interdit de casser un contrat fédéral en cours de saison pour en signer un autre dans un club de la même division.

Les contacts avec Daniel Leclercq et Valenciennes sont donc provisoirement rompus. Mais il promet qu'il me rappellera en fin de saison.

De janvier à mai 2004, la phase retour est désastreuse pour Angoulême. Le club est au bord du dépôt de bilan, en proie à une grave crise financière, les résultats sont en constante régression, nouveau changement d'entraîneur, le quatrième de la saison et nos salaires ne sont plus versés pendant quatre mois !

Malgré les difficultés, le groupe reste soudé. J'organise des soirées barbecue à la maison avec toute l'équipe, je suis le chef de file et le porte-parole de mes coéquipiers auprès des dirigeants.

En fin de saison, je suis élu meilleur joueur du National, mais… nous sommes relégués en CFA et forcément je ne suis pas conservé dans l'effectif ! Décidément, la malédiction me poursuit partout où je passe.

À ma grande surprise, Daniel Leclercq tient sa promesse et me rappelle. Les conditions financières qu'il me propose sont exactement les mêmes que celles de l'hiver dernier et le contrat porte sur deux ans avec une année supplémentaire en cas de montée en Ligue 2.

J'en discute avec Karine, qui ne dissimule pas sa crainte de retourner dans le Nord. C'est même le Grand Nord par rapport à Beauvais ! Mais nous décidons de relever ce nouveau défi.

Je conçois même cette aventure à Valenciennes comme une délivrance et une bénédiction en espérant que ce bail footballistique durera plus d'une année !

Adieu le soleil de la Charente…

Lors de ma signature sont présents Daniel Leclercq, Francis Decourrière, le tout nouveau président du club, et Jean-Louis Borloo, qui est à l'époque ministre de l'Emploi, du Travail et de la Cohésion sociale et président d'honneur du Valenciennes Football Club. Leur discours est très ambitieux. Le trio veut redorer le blason foot de

Valenciennes. Depuis la célèbre affaire de corruption VA-OM en 1993, un terrible déclin a conduit au dépôt de bilan en 1996 et l'abandon du professionnalisme. Exit l'US Valenciennes, le club s'est reconstruit dans le championnat de France amateur sous l'appellation Valenciennes Football Club. Sept ans de purgatoire dans l'anonymat jusqu'à la renaissance et la montée en National en 2003. L'objectif est désormais de poursuivre cette ascension et de retrouver la Ligue 2 en fin de saison puis à court terme de regagner sa place parmi l'élite du football français. Toutes les conditions sont réunies pour que le projet aboutisse : le club est redevenu stable, le budget solide, l'effectif de qualité et l'engouement palpable chez les supporters, frustrés de cette si longue attente.

Je m'en aperçois au contact de la population. Je m'imprègne rapidement de la culture locale et tous mes interlocuteurs favorisent mon intégration. Je m'intéresse à l'histoire de la ville et du club.

Tous les matins, je vais prendre mon café dans un petit bar PMU, La Concorde, où se côtoient des habitués tous plus différents les uns des autres. Une clientèle que j'appelle les « melting-potes de comptoir » ! Il y a un ouvrier, un chômeur, un banquier, un représentant en produits pharmaceutiques, un chef d'entreprise… Et tout ce petit monde, sans aucun lien apparent, forme un cercle d'amis qui échange, plaisante, rit, critique, râle… tous les matins à la même heure. On a droit au coup de gueule et à la blague du jour, à des potins, à toute sorte de commentaires sur la politique, la télé, le sport.

J'aime ce mélange des genres et ce repère de valeurs, les valeurs du Nord où les préjugés n'ont pas leur place, où la condition sociale n'est qu'un détail, où la tolérance est naturelle.

À La Concorde, je lis le journal local, *La Voix du Nord*, mais aussi les pages régions du quotidien *Aujourd'hui en France*, avec plein de petites infos sur les villes dans lesquelles j'ai vécu : Angers, Châteauroux, Ajaccio, Beauvais et Angoulême.

***

Dès les premières journées de championnat, nous figurons dans le peloton de tête. Mais le déclic survient lors du sixième match, à domicile, contre Cherbourg.

Le score est de 1 à 1, on joue le temps additionnel. Les supporters commencent à quitter le stade avant même la fin, déçus de notre partie laborieuse. Encore une saison galère en perspective. Mais à la quatre-vingt-douzième minute, sur la dernière action du match, je tente une frappe puissante de vingt-cinq mètres : en pleine lucarne ! On gagne 2-1.

C'est l'un des plus beaux buts de ma carrière !

Dès lors, on se sent intouchable. Dans le vestiaire c'est l'euphorie, nous sommes leaders du championnat et nous nous promettons de ne rien lâcher et de se maintenir dans les trois premiers jusqu'au bout.

Le groupe est tellement en harmonie qu'après chaque match nous dînons tous ensemble au restaurant avec nos épouses respectives. C'est si rare qu'un effectif reste aussi soudé en dehors du terrain. Très souvent, nous organisons des sorties, des soirées où toutes les familles des joueurs sont présentes. Des affinités se créent, se renforcent et ont de belles incidences lors des matchs.

Quant à Daniel Leclercq, il se comporte en grand patriarche, nous laisse en liberté surveillée. Il sait que l'osmose est la clé du succès mais nous sermonne de temps en temps quand nous dévions dans l'excès.

Froid, silencieux voire distant, notre entraîneur est un vrai patron dont le détachement nous remet instantanément dans le droit chemin.

On dit souvent qu'on écoute davantage son grand-père que son père. Cet adage s'applique parfaitement à Daniel Leclercq, dont l'autorité sur le groupe s'apparente à celle d'un papy sur ses petits-enfants : souple mais ferme. D'où son surnom : « le Druide » qui lui sied à merveille !

Il nous inculque des valeurs morales, nous rappelle sans cesse la misère environnante dans laquelle se morfondent les habitants du Nord. Ne jamais l'oublier quand nous jouons devant nos supporters qui se saignent pour venir nous voir chaque week-end.

La force de Daniel Leclercq est de ne jamais céder à l'euphorie, de réussir à nous maintenir sous pression quels que soient les résultats, quelle que soit l'avance que nous possédons au classement.

À cette époque, sa femme tombe gravement malade et il nous sensibilise sur ce drame et sa douleur au quotidien.

Exemple le plus marquant : en milieu de saison, le jour où nous affrontons Sannois-Saint-Gratien, un concurrent direct pour la montée en Ligue 2. Nous sommes menés 2 à 0 à la mi-temps, et nous acceptons la défaite, nous sommes résignés. Dans le vestiaire, Daniel Leclercq prend la parole et nous passe un savon mémorable :

« Vous êtes minables… ! Qu'est-ce que je fous avec des petits merdeux comme vous alors que je devrais être auprès de ma femme… Vous me faites ch… Vous ne comprenez rien… »

Et il quitte le vestiaire, nous laissant patauger dans une honte collective. En seconde période, nous réagissons, je marque deux buts et au final, nous décrochons le match nul deux buts partout.

La colère du coach a eu les effets escomptés. Ce résultat s'apparente à une victoire.

Je comprends mieux pourquoi lors de chaque déplacement, nous partons toujours le jour même, c'est-à-dire le samedi. Sa femme passe des examens médicaux tous les vendredis et il tient à rester auprès d'elle.

Ainsi, pour tous les matchs à l'extérieur, nous avons rendez-vous à 4 heures du matin à Lille pour un départ en train ou en bus selon la destination. On est loin du rituel d'un club de Ligue 1, où les voyages sont bien plus confortables et moins fatigants !

C'est l'univers du National, où les moyens sont bien plus limités.

Les victoires s'enchaînent et le coach n'exprime jamais vraiment sa joie, toujours impassible, mais on devine sa fierté envers ses « petits ». Fidèle à sa ligne de conduite, il alterne souplesse et rigueur.

Il lâche la bride après une victoire que nous arrosons abondamment. Il tolère notre soirée festive d'après-match, qui peut conduire à une nuit blanche. En revanche, nous savons que la prochaine séance d'entraînement n'en sera que plus intense. C'est la philosophie Leclercq :

« Ah, vous vous êtes bien amusés samedi soir, eh bien vous allez vous dépenser encore plus aujourd'hui ! »

Et il nous concocte deux heures d'entraînement intensif pour nous remettre sur de bons rails avant la prochaine rencontre.

***

Nous sommes sacrés champions de France de National en fin de saison et nous montons en Ligue 2. Nous finissons invaincus à domicile, avec sept points d'avance sur le deuxième, Valence, et un total de vingt victoires pour seulement quatre défaites.

Pour ma part, je termine meilleur buteur avec vingt réalisations.

Au-delà du bonheur de faire enfin partie d'une équipe compétitive, d'accéder à l'étage supérieur, j'éprouve vraiment le sentiment de pratiquer un sport collectif.

Les rôles sont parfaitement définis au sein du groupe et tout est réglé en fonction et pour le bien de l'équipe. Notre force c'est la complicité entre chaque ligne : les défenseurs travaillent pour les milieux de terrain et inversement, tout le monde participe aux offensives puis se soucie du replacement défensif. Nous appliquons des consignes individuelles au service du collectif.

Pour la première fois de mon existence, sur le terrain comme dans ma vie privée et familiale, c'est l'embellie. Pas de problème d'argent, c'est l'épanouissement dans tous les domaines !

Dans la ville de Valenciennes, c'est l'ébullition. Illustration lors du dernier match contre Bayonne, le 27 mai 2005. Pour célébrer la montée en Ligue 2, tous les joueurs se teignent les cheveux en blanc et rouge, aux couleurs du club. Le stade Nungesser est plein. Mais si cette ultime soirée est le point de départ d'une renaissance, elle est synonyme d'adieu pour Daniel Leclercq. En raison d'un profond désaccord avec le président Decourrière, notre entraîneur s'apprête à quitter le club. C'est encore officieux mais inéluctable.

Nous décidons de lui rendre hommage à l'échauffement en portant des tee-shirts avec l'inscription : « Merci Daniel ».

Il est visiblement très ému et ne nous adresse que quelques mots lors de sa dernière causerie d'avant-match :
« Vous savez ce que vous avez à faire, éclatez-vous ! »

Aujourd'hui je repense souvent à lui. Sa femme est décédée au printemps 2009. Sans Daniel Leclercq, je n'aurais sans doute jamais connu le haut niveau. Je luis dois tellement…

***

Le résultat de ce dernier match n'est qu'anecdotique (1-1), ma décision est prise : même si notre coach s'en va, je souhaite rester à Valenciennes et honorer les deux ans de contrat qu'il me reste. Je sais que certains de mes partenaires vont quitter l'aventure mais la plupart continue.

Je pars en vacances mais j'ai déjà hâte de redécouvrir la Ligue 2, je me sens pour la première fois joueur professionnel.

Les supporters me témoignent chaque jour un peu plus leur affection à tel point qu'ils me dédient une chanson :
« C'est notre meilleur joueur… Steve Saaavidaaann ! »

Bientôt, ils m'attribuent un surnom qui va me suivre jusqu'à la fin de ma carrière et précipiter mon éclosion médiatique : Savigol.

L'APPEL DES BLEUS
4

Mardi 18 novembre 2008 : J-1

Nous sommes la veille du match contre l'Uruguay. Le réveil sonne à 8 h 45, nous avons rendez-vous à 9 h 30 pour le petit déjeuner. Une franche poignée de main avec certains (Domenech, Vieira, Sylvestre, Pelé, Évra...), une tape amicale (le « check » dans le langage jeune) avec les autres !
Chacun a ses habitudes alimentaires et tout le monde trouve son bonheur car il y a une multitude de choix, dignes d'un palace.
Les discussions portent essentiellement sur le foot et notamment sur les dernières prestations des uns et des autres dans leur club respectif en championnat. Ça « chambre » énormément entre les *Frenchies* d'Angleterre. Patrice Évra, de Manchester United, défie les joueurs de Chelsea et ceux d'Arsenal :
« Vous pouvez toujours rêver, on est devant et on sera champion ! »

Ou encore :
« Pas mal ta boulette samedi ! T'as voulu dégager en touche ? Il t'a bien enrhumé le mec d'Everton sur ce coup-là ?! »

Je m'aperçois que tous les internationaux français sont au courant des résultats du week-end de tous les grands championnats européens. Ils ont vu TOUS les buts et savent parfaitement si l'un d'entre nous a marqué, a été remplacé, s'il a été exclu ou s'il a réussi un joli tacle. Je n'en reviens pas quand Anelka m'interpelle sur les deux buts que j'avais inscrits la saison dernière avec Valenciennes contre Marseille et sur celui marqué contre Lens :
« Mais comment t'as fait pour réussir ce pointu dans un angle aussi fermé ? »
Nicolas Anelka qui s'émerveille de l'un de mes buts, lui qui en marque quasiment chaque week-end ! Un comble !
J'ai à peine le temps de savourer le compliment que Ribéry me remet les pieds sur terre :
« Bah, il a pas fait exprès Biloute, il a fermé les yeux au moment de tirer, hein que t'as fermé les yeux Tcho Biloute ? »

Dès que j'ai franchi les grilles de Clairefontaine, on m'a surnommé « Tcho Biloute ». J'ai l'étiquette du Ch'ti à tout jamais depuis mon passage à Valenciennes.
Et on me pose beaucoup de question sur le championnat de France.
Thierry Henry : « Alors, pas trop dure la Ligue 1 ? »

Franck Ribéry: « Je regarde les résumés à la télé, franchement j'ai l'impression que c'est de plus en plus difficile de marquer des buts dans le championnat de France, non ? »

On me demande aussi comment ça se passe à Caen, si je pense qu'on va se maintenir cette saison (à l'époque nous étions douzième au classement, on a fini dix-huitième).

Karim Benzema me surprend en me disant: « Eh, ce serait bien que tu viennes à Lyon au mercato d'hiver ! »
Ou encore Steve Mandanda: « Mais non, ce n'est pas à Lyon que tu dois aller, faut que tu signes à l'OM ! »

Je me sens vraiment intégré dans un groupe composé de gars sympas, chaleureux, très ouverts et au sein duquel la confiance est un maître mot. Certainement aussi parce que nous sommes coupés de l'extérieur, sous une bulle ultra-protectrice.
Les plus anciens dégagent de la prestance mais à aucun moment je ne perçois des ego surdimensionnés. Non, tous ces grands joueurs autour de moi n'ont pas la grosse tête, ils ne font preuve d'aucune suffisance. Ils sont agréables et souriants.

Ce premier petit déjeuner est l'occasion pour moi d'en savoir plus sur une carrière à l'étranger. Je découvre que tout est codifié dans les grands clubs européens. Ribéry me parle de biométrie au Bayern de Munich, de planning quotidien extrêmement précis, qu'il y a une crèche pour les enfants des joueurs, des structures pour accueillir chaque jour toute la famille.

J'ai l'impression qu'ils vivent sur une autre planète du foot et j'en ai la démonstration flagrante un peu plus tard dans la journée dans le « confessionnal » du château: la salle de massage.

C'est là que tout se dit, que tout le monde se lâche.

Chacun y a ses propres habitudes. William Gallas dort profondément sur la table pendant que l'un des kinés le prend en main.

La salle de massage, c'est surtout le défouloir. Plus question de parler football. Il y a de la musique, certains dansent mais l'activité première, c'est le « chambrage »! Tout est prétexte à la moquerie. La photo d'un joueur publiée dans la presse people suscite la moindre raillerie. On plaisante sur la coupe de cheveux, la tenue vestimentaire, la montre qu'on a volontairement mise en évidence sur un cliché. Et il y a ce thème récurrent sur la dernière dépense: la plupart du temps une voiture! On baigne dans le luxe mais sans exubérance, c'en est presque naturel.

Puis vient le sujet des sponsors de chacun, les contrats finalisés avec telle ou telle grosse marque, la prochaine publicité réalisée. Celle où Thierry Henry vante les mérites d'un célèbre rasoir provoque de grands éclats de rire.

J'écoute et je mesure le fossé existant entre ma vie et celle de tous ces internationaux qui évoluent à l'étranger. Et je m'interroge sur leur mode de vie : comment font-ils pour être un jour à Paris, le lendemain à Londres ou à Barcelone, puis le surlendemain encore à Paris…

J'apprends également que tous ces joueurs extradés ont engagé une *nanny*, traduisez une personne vivant chez eux en permanence et qui s'occupe des courses, des repas, du ménage et des enfants.
Du coup, je me pose des questions : ont-ils une vie de famille ? Profitent-ils vraiment de leurs enfants ? N'ont-ils pas, en fait, sacrifié une part de leur vie familiale ?
Sans compter l'omniprésence de leur agent, de leur attaché de presse pour certains. Il leur faut quelqu'un pour gérer leur image, leur contrat, leur sponsor, leur patrimoine financier voire leur vie familiale…

***

C'est l'heure de la conférence de presse à laquelle je suis convié tout comme Fanni, Évra, Gallas et Domenech bien sûr.
Ça se passe sous un chapiteau où l'air est aussi conditionné que les joueurs, le sélectionneur et les journalistes !
Outre le studio de TF1, il y a trois box pour chaque type de média : télé, radio, presse écrite.

Et c'est parti pour ce parcours inédit pour moi. Aucune question qui m'est adressée ne porte sur Caen. C'est la première fois que je parle de foot sans la moindre référence à mon club. Gros dilemme : dois-je faire du « Steve Savidan » ou adopter un discours stéréotypé ?

Je choisis la première option, le naturel, le spontané, seul gage de liberté d'expression. Mais je me rends compte très vite que mes interlocuteurs n'attendent qu'une chose : que je me plante oralement devant eux ce matin et sportivement le lendemain sous le maillot tricolore au Stade de France. Ce n'est pas de la paranoïa, j'en ai l'intime conviction.
Ici, à Clairefontaine, devant cette meute de journalistes, je ne suis plus le Savidan de Caen, je suis l'invité surprise, le type de trente ans qui débarque presque par erreur en équipe de France, le mec qui n'a pas du tout le profil requis.
À l'écoute des questions qui me sont posées, j'ai deux réflexions : si je réussis mon examen de passage le lendemain face à l'Uruguay, ce ne sera positif *que* pour moi, sans grande conséquence pour le groupe France. Si j'échoue, je retournerai dans mon club et on n'entendra plus *jamais* parlé de moi chez les Bleus.
À l'évidence, je ne suis que le « coup » d'un jour voire le « coup » de la semaine de Domenech. La carte sociale et populaire issue du football amateur. Bref une aventure d'un soir, jetable, éphémère.

Je ressens de l'agressivité, une volonté farouche de me déstabiliser, de me pousser à la gaffe verbale.
Je représente la France d'en bas et je suis traité comme tel.
Je mesure aussi le décalage entre l'image que je véhicule devant la presse et celle pour laquelle j'ai été convoqué par le pôle France.
Ma convocation chez les Bleus ne serait donc que purement symbolique pour les média quand moi, je la considère comme une récompense méritée au vue de mes performances en championnat.

Quand les questions sont moins virulentes, elles sont démesurément légères et elles tournent en dérision ma présence à Clairefontaine :
« Alors, ça vous fait plaisir d'être là ? ! Ils sont gentils avec vous ?
– Eh oh ! Mais ce n'est pas Eurodisney ! C'est l'équipe de France ! Je n'ai pas gagné un ticket pour venir voir Mickey, c'est sérieux ici… »

Je suis totalement imprégné du discours de la veille du sélectionneur.
Certes, c'est un match amical mais avec un but précis : la qualification pour la prochaine Coupe du monde et ce match face à l'Uruguay entre dans le cadre de cette préparation, de cet objectif final. J'ai l'impression que les média ne m'accordent aucune place, aucun crédit dans cette mission tricolore. Je suis comme un témoin privilégié, l'heureux gagnant d'un concours ou d'un remake de *Vis ma vie* chez les Bleus.

***

Après cette conférence de presse, je découvre sur le planning du jour : « 11 heures : pub Danone ». Persuadé que ce programme ne me concerne pas, je m'apprête à regagner ma chambre quand un membre du staff m'interpelle :
« Allez Steve, viens vite, y'a la pub Danone ! »
Quelle est donc cette mystérieuse publicité ? Je rejoins aussitôt tous mes partenaires qui se sont déjà alignés sur trois rangées. Il s'agit d'une photo de groupe. Franck Ribéry occupe le premier plan, au centre et doit non seulement prendre la pause comme nous tous mais aussi clamer une sorte de slogan publicitaire devant une caméra.
Pas seulement un cliché donc mais un vrai tournage vidéo : une vingtaine de figurants et un personnage principal : Ribéry, seul acteur avec du « texte » !
J'apprends par la suite qu'à chaque rassemblement les sponsors en profitent pour faire leur campagne. Et je découvre avec surprise que nous serons tous rémunérés individuellement pour cette photo collective.

Je mesure l'impact financier en équipe de France ! On est bien loin des valeurs initiales de la Fédération française de football censée représenter le football amateur. Impression confirmée quelques mois plus tard lorsque je reçois ma prime de match par chèque.
France/Uruguay a beau être une rencontre amicale, elle accorde une prime à chaque

joueur. J'ignore si le montant est le même pour tous ou dépend du temps de jeu. J'ai touché 7 000 euros.

Il existe bien d'autres petits business lors des rassemblements comme la chasse au maillot. Chacun d'entre nous a promis à son entourage de lui ramener le maillot de Ribéry, Henry ou Benzema. La quête du précieux sésame est donc de coutume à Clairefontaine. On négocie plusieurs maillots auprès de l'intendance.
Personnellement, je voulais simplement quelques photos dédicacées de Franck Ribéry promises à mon fils aîné et à des amis. Ça tombe bien, dès notre arrivée, dans notre paquetage, on nous a glissé une pile de photos destinées précisément aux autographes. Franck m'en signe une dizaine.

Reste une autre quête lorsqu'on est appelé en équipe de France : acquérir des places pour en faire profiter la famille et les amis, leur permettre d'assister au match. Forcément, au fil des jours, ils sont de plus en plus nombreux dans mon entourage à souhaiter venir m'encourager au Stade de France et j'essaie d'accéder au maximum de demandes.
Dans un premier temps, je réclame une cinquantaine de places mais d'autres sollicitations arrivent et le total atteint finalement un nombre démesuré : quatre-vingt ! Je suis conscient de ma requête abusive et j'essuie un refus catégorique de la part de Pierre Repellini, mais une fois de plus, Franck Ribéry vient à

mon secours. Lui aussi pour sa première avait quémandé une centaine de places et il finit par convaincre le manager intendant des Bleus de m'autoriser autant de billets. Précision importante, ces quatre-vingts places ne me sont pas offertes, je les achète à la Fédération. En réalité, j'ai droit à cinq invitations, le surplus est à ma charge, naturellement.
Mais, pour ce match-là contre l'Uruguay, tous les billets étaient exceptionnellement à tarif unique pour tous les spectateurs : 10 euros.

***

L'heure du déjeuner a sonné et je reste admiratif devant la variété de plats proposés. Le buffet est adapté à tous les régimes et je constate que Jérémy Toulalan n'en a aucun ! C'est vraiment le Pantagruel des Temps modernes. Je n'ai jamais vu un footballeur manger autant et en si grande quantité ! Comment fait-il pour être aussi performant sur un terrain en absorbant une ration gigantesque de nourriture à chaque repas ? Car Jérémy est un modèle d'endurance, infatigable sur un terrain.
Si le buffet est aussi largement varié (poisson, volaille, viande halal[1]...) c'est parce qu'il y a le souci de respecter la religion de chacun. Voilà un sujet presque tabou, en tout cas jamais vraiment abordé dans les média et j'avoue qu'il attisait ma curiosité.

1. Dans la religion musulmane, la viande halal est celle qui est permise, qui respecte les prescriptions de l'islam.

Comment concilier dans la vie de tous les jours la pratique d'une religion, que ce soit dans l'alimentation, la foi et la prière ?
À Clairefontaine tout est prévu. Hormis les repas à la convenance de tous, une chambre, du moins un lieu spécifique est mis à la disposition de chaque pratiquant. Quelle que soit sa religion, il peut s'isoler et prier dans une pièce située au rez-de-chaussée du château.

La journée continue avec la traditionnelle sieste de l'après-midi. Puis vient la séance d'entraînement, ouverte au public. C'est enfin l'occasion pour moi de me jauger par rapport aux autres. C'est la première fois que je peux me mesurer à des internationaux, évaluer mon niveau face à des joueurs plus talentueux et plus expérimentés. Les premiers critères sont la vitesse et la présence physique. Sans doute ai-je besoin de me rassurer, de m'auto-encourager.
Non seulement je soutiens la comparaison mais je me dépense sans modération et sans pression particulière pour engranger une bonne dose de confiance. Une manière aussi très personnelle de digérer la conférence de presse du matin…
Je réclame les ballons qui en début de séance n'arrivent pas jusqu'à moi. Peu à peu je me lâche, je me rends disponible et je reçois de plus en plus de passes. J'écoute les réactions, les consignes, les critiques. Je scrute la course des uns, le tacle des autres. J'observe le moindre contact, m'imprègne du style international et

des affinités se créent avec les attaquants: Benzema, Anelka…
Au total, une bonne heure de pur bonheur!
La séance se termine par des tirs au but dans n'importe quelle position aux dix-huit mètres et revoilà le petit jeu des paris ou des défis. Habituellement dans ce genre d'exercice en club, le perdant paye sa tournée ou a une sorte de gage. Je sais qu'à Lille ils parient des tickets de Millionnaire.
Là, on est dans une tout autre dimension, le tarif du défi devient exorbitant voire indécent: jusqu'à 1000 euros le but! Benzema, Nasri, Briand et moi-même, nous participons à l'exercice, ce qui représente 4000 euros en jeu sur la dernière frappe!
Je gagne le défi mais je n'ai rien touché et je ne saurai jamais si les paris lancés sont toujours purement symboliques ou s'ils sont parfois tenus selon le vainqueur.

Autre défi, plus personnel: trouver une cigarette à Clairefontaine! Le besoin s'en fait sentir en fin d'après-midi après la douche et je réussis à croiser un fumeur.
Je clope sur la terrasse de la chambre, besoin d'évacuer le stress de ces deux jours de stage mais je suis comme un adolescent qui redoute d'être pris sur le vif et j'écrase ma cigarette au bout de deux minutes de peur que quelqu'un me surprenne.

Nous sommes à la veille du match et après le dîner, nous nous rendons tous dans la salle de projection pour la séance vidéo. Il s'agit de décortiquer le jeu de notre adversaire : l'Uruguay.

C'est un montage en trois parties reprenant les huit derniers matchs de l'Uruguay et où sont mis en lumière les déplacements et la position des joueurs sur les phases de jeu offensives et défensives, sur tous les coups de pied arrêtés : coup franc, corner…

Bien plus qu'un simple résumé en images, il intègre des techniques ultramodernes d'analyse, similaires à la « Palette » utilisée sur Canal +. La séance vidéo est d'abord commentée par Bruno Martini puis par Raymond Domenech et Pierre Mankowski. Elle est conçue de façon à capter l'attention de chacun. L'important est surtout de bien cerner les constantes de l'adversaire, de mémoriser ses forces et ses faiblesses.

Quand le football devient une science des Temps modernes…

Je souris en me rappelant que trois ans plus tôt, lors de l'été 2005, je ne me souciais pas vraiment des points forts et des points faibles de Dijon ou Gueugnon… lors de mon retour en Ligue 2 !

5
Savigol

Été 2005, Valenciennes vient de monter en Ligue 2 et le successeur de Daniel Leclercq est Antoine Kombouaré.

Je ne sais pas grand-chose de lui si ce n'est qu'il a été formé à Nantes, qu'il a aussi porté le maillot du PSG. D'ailleurs, je me souviens de ce match épique contre le Real Madrid en 1993, en quart de finale de la Coupe de l'UEFA, où Kombouaré place ce coup de tête rageur dans les arrêts de jeu et offre la qualification aux Parisiens.

À la fin de sa carrière de joueur en 1999, il entraîne pendant quatre ans la réserve du Paris Saint-Germain puis il prend les commandes du Racing Club de Strasbourg durant un an.

Le premier contact avec lui est un peu froid voire tendu. Il avoue me connaître et attendre de moi que je confirme en Ligue 2 mais il me menace :

« Je te préviens, je t'ai à l'œil. »

Je ne suis guère emballé mais je me réjouis quand même d'apprendre que le stage estival se déroule à La Baule. Je déchante très vite car le programme est sacrément intensif. Je tire les leçons de mes préparations antérieures où je m'étais lâché inconsciemment, démesurément. Cette fois, je gère ma condition physique.

Le groupe s'est enrichi avec les arrivées de joueurs d'expérience comme Maxence Flachez et Laurent Dufresne, que j'avais connu en 1999 à Châteauroux !

Le fonctionnement du club évolue. Retour des mises au vert la veille des matchs. Fini les déplacements le jour même en bus, on voyage désormais en train ou en avion quand la destination est lointaine.

Le projet d'un futur grand stade commence à prendre forme.

Au fil des jours, les rapports s'améliorent avec Kombouaré et aboutissent à un véritable échange, une complicité naissante. Nos conversations prennent une tout autre tournure. Nous parlons de nos vies, de notre enfance, et d'étranges points communs apparaissent dans nos parcours respectifs.

Lorsque le championnat débute, on compte une bonne douzaine de formations ambitieuses et bien décidées à jouer la montée. Les favoris désignés sont Guingamp, Montpellier, Sedan, Lorient et Le Havre. Valenciennes est promis à une saison difficile et sans doute condamné à lutter pour le maintien.

On gagne notre premier match à domicile face à Dijon.

Fin septembre, après dix journées de championnat, nous sommes huitième et j'ai inscrit trois buts, tous de la tête !

Après un début de saison convenable, nous avançons crescendo et nous bouclons les matchs aller à la deuxième place du classement ! La priorité reste le maintien, la mission est quasi accomplie à mi-parcours.

Pour ma part, je totalise huit buts en dix-neuf journées, ce qui fait de moi le meilleur buteur de l'équipe mais mon bilan est entaché d'un gros écart de conduite.

Le samedi 11 novembre, les vieux démons me rattrapent. Après un succès à domicile contre Sète, je commets l'erreur d'arroser sans modération cette victoire et je finis la nuit dans un état indigne d'un joueur professionnel. Ma folie nocturne arrive aux oreilles du coach.

Le lendemain, la sanction interne tombe : quatre matchs de suspension infligés par Kombouaré. Je comprends mieux le sens de la menace « Je t'ai à l'œil ». L'avertissement s'est transformé en punition à la première incartade.

Non seulement j'accepte la décision, mais je la comprends car je la mérite. Je me dois d'être exemplaire. J'ai déconné, le coach a osé se priver de moi en attaque pour quatre matchs.

Je suis donc puni et contraint de suivre mon équipe depuis les tribunes. Le premier match est en Coupe de France. Sans moi Valenciennes gagne facilement 5-0 contre un club de division inférieure, Arras.

Je m'apprête à purger mon deuxième match de suspension, à rester à la maison pendant que l'équipe se déplace en championnat à Istres, mais un joueur de l'effectif se blesse la veille du départ. Le coach m'incorpore dans le groupe pour atteindre le nombre maximal autorisé de dix-huit joueurs sur la feuille de match. Je sais que je ne jouerai pas mais je prends place sur le banc des remplaçants.

En première période, Valenciennes est bousculé, dominé mais résiste jusqu'à la pause : 0-0.

Le coach me demande d'aller m'échauffer à la mi-temps. J'obéis mais je m'exécute très légèrement, sans forcer.

Pendant la seconde période, le scénario ne change pas, on est toujours malmené mais on tient le match nul. À vingt minutes de la fin du match, alors que je poursuis mon échauffement, Kombouaré me siffle. C'est sa façon habituelle d'interpeller ses joueurs. Le pouce et l'index dans la bouche, le sifflement résonne comme une convocation :

« T'es prêt là ?

– Oui

– T'es *vraiment* prêt ?

– Je suis à fond…

– Bon OK, alors prouve-le et montre-moi. »

J'entre en jeu et on gagne… 4 buts à 1.

Je marque deux fois et je réussis une passe décisive.

Après la rencontre dans le vestiaire, on s'est tous regardé et on s'est dit : « Les gars, on monte ! On va jusqu'au bout comme ça, on ne lâche rien et on va en Ligue 1 ! »

Le coach félicite chaque joueur, je suis assis tout au fond du vestiaire. Je le regarde froidement. Il s'approche de moi et me dit :

« C'est bien… (il marque une pause)… Mais ce n'est pas fini. »

Je traduis cette remarque par « T'as fait un bon match mais je ne te lâcherai pas, je serai toujours dans ton dos pour te surveiller ! »

À partir de ce moment-là, les discussions vont reprendre avec Kombouaré et nous dépassons encore et toujours les frontières du foot. Il me parle de sa famille, je lui fais mes premières confidences sur mon père et mes relations conflictuelles avec lui. Je m'aperçois que notre enfance respective est similaire, à des périodes différentes, dans des lieux différents. Il a grandi en Nouvelle-Calédonie, et il m'avoue son enfance douloureuse, sa souffrance et ses rapports très particuliers avec son père… Antoine devient mon confident, mon thérapeute… Dans ces moments-là, il n'est plus entraîneur, je ne suis plus joueur.

Ce sont des échanges émouvants, sincères et tellement enrichissants.

Ma confiance envers lui est telle que je le considère comme mon premier référent, je l'informe même des clubs qui m'approchent et s'intéressent à moi. Ses conseils ne sont pas ceux d'un entraîneur mais d'un grand frère qui pèse le pour et le contre quant à mon avenir.

Ainsi, au cours de l'hiver, il s'interroge ouvertement :

« Bon, c'est peut-être le bon moment pour toi de jouer en Ligue 1 mais tu sais qu'on a de bonnes chances d'y aller avec Valenciennes en fin de saison. Alors oui, tu pourrais partir maintenant, signer dans un autre club, mais ce serait quand même mieux qu'on y aille ensemble dans quelques mois ! »

Dès lors, j'appelle mon agent, Henri Zambelli, pour lui annoncer ma décision. Malgré la convoitise de quelques clubs, je reste à Valenciennes jusqu'à la fin de la saison. Antoine m'a convaincu. Sa force est de m'avoir impliqué dans son projet, dans ses ambitions.

Les matchs retour sont dans la lignée de la première phase. On garde le même rythme, on reste sur le podium, mieux : on s'assure la montée en Ligue 1 à deux journées de la fin de la saison et on est sacré champion de France de Ligue 2.

Valenciennes qui retrouve l'élite treize ans après l'avoir quittée, c'est la sensation ! C'est si rare d'accéder en deux ans du National à la Ligue 1. Auparavant, dans les annales, seuls le PSG, Mulhouse, Guingamp, Sedan et Toulouse ont réussi cet exploit.

Quant à moi, je termine meilleur buteur du championnat à égalité avec Jean-Michel Lesage, du Havre, avec seize buts !

Une image gravée dans ma mémoire : celle de Jean-Louis Borloo présent lors de la victoire de 3-0 à Sedan, lancé dans un tour d'honneur en solitaire sur le terrain avec l'écharpe de VA.

C'est lui qui a remis à flot le club et la ville de Valenciennes. Son investissement personnel a été énorme. Je regrette simplement de n'avoir jamais pu m'entretenir directement avec lui et mieux le connaître.

Pour fêter la montée, le club nous verse une prime établie au prorata des matchs disputés (je touche 30 000 euros) et nous invite une semaine à Marrakech. Dans la foulée, je prolonge mon contrat de deux ans.

Pour la première fois de ma carrière, je n'ai aucune envie de changer d'air, c'est avec Valenciennes que je veux découvrir la Ligue 1, c'est aussi dans cette ville que je me lance dans un grand projet : le K9.

***

Depuis notre arrivée à Valenciennes, Karine et moi avions l'habitude de déjeuner à La Rôtisserie du Rouet, un restaurant du centre-ville dirigé par Arnaud Delahaye.

En mars 2006, j'apprends qu'un fonds de commerce est à vendre dans une petite rue non loin de ce restaurant.

S'ensuit une petite visite des lieux, puis nous évaluons le budget, nous établissons le montage financier dans lequel Arnaud et moi serions coactionnaires pour créer un restaurant.

Dans un premier temps, c'est la désillusion, aucune banque n'accepte de soutenir le projet. Je décide alors de passer un deal avec deux entrepreneurs de la ville qui nous avance l'argent nécessaire aux travaux.

Un autre partenaire nous aide pour l'achat du mobilier et toutes les fournitures. Banco ! Nous rassemblons de meilleures garanties et une banque décide de nous suivre.

Je m'occupe de toutes les démarches administratives sans solliciter la moindre dérogation auprès des autorités locales. En aucun cas, je ne veux profiter de ma notoriété pour obtenir des privilèges. Hors de question que mon projet aboutisse grâce à mon statut de joueur vedette.

Ainsi, pendant plusieurs mois, mon emploi du temps se résume aux entraînements, matchs de championnat, travaux d'aménagement et réunions de chantier.

Dans la ville, peu de gens croient à la réussite de mon entreprise : je ne suis qu'un footballeur ; à part taper dans un ballon, je ne sais rien faire d'autre, je vais forcément me planter.

Qu'importe les mauvaises langues, j'ai une idée très précise de mon projet : je veux une décoration tout en briques (référence à la région Nord), un grand comptoir de bar et j'aspire à une ambiance chaleureuse dans mon futur restaurant. J'ai le souci du détail dans le design, jusque dans l'élaboration des menus. Je suis très exigeant sur certains points. Par exemple, je veux des frites maison, plus chères mais bien meilleures que des produits congelés. Je compte aussi créer de nouveaux cocktails comme le Kikinoo, à base de Schweppes et de cognac.

Fin mai 2006, pendant que je m'active sur mon projet de restaurant, l'équipe de France poursuit sa préparation pour la phase finale de la Coupe du monde en Allemagne. Elle enchaîne les matchs amicaux officiels contre le Danemark, la Chine… mais elle dispute aussi quelques rencontres loin des caméras de télévision.

Ce sont généralement des petites oppositions jouées l'après-midi, à la place d'une séance d'entraînement.

À l'initiative de Gervais Martel, président du Racing Club de Lens, un match à huis clos, c'est-à-dire fermé au public, est organisé entre les Bleus et une sélection du Nord comprenant des joueurs au chômage et d'autre en activité dans différents clubs de la région. Je fais partie de cette sélection et je me retrouve face à l'équipe de France. Je suis loin d'imaginer que deux ans plus tard je serai dans le camp tricolore. Pour l'anecdote, je marque un but à Grégory Coupet d'une reprise acrobatique dans la surface de réparation !

À peine le temps de savourer ce jour de gloire très personnel, je quitte la région le temps d'un week-end pour célébrer… mon mariage.

Le 3 juin 2006, à la mairie d'Angers, Karine et moi, nous officialisons notre union devant la famille au complet : mon père, même si les relations entre nous sont toujours très tendues, ma mère, mon frère et mes trois sœurs. Les meilleurs amis sont là ainsi que quelques invités surprises comme notre professeur de français Mme Renée Solé, qui nous a dispensé ses cours, à Karine et moi, à des périodes différentes.

Et voilà qu'elle se remémore toute sorte d'anecdotes et de souvenirs de notre période scolaire :

« Karine était une élève studieuse, brillante, tandis que Steve était tout l'inverse. Je me souviens que je l'interrogeais sur son avenir : "Mon pauvre garçon, qu'est-ce que tu vas bien pouvoir faire dans la vie ?" et lui me répondait : "Mais madame, je serai footballeur professionnel" et je levais les yeux au ciel en lui répliquant : "Mais oui bien sûr, et moi je serai évêque." Ah, il m'a bien bluffé ce garçon ! »

Nous avions convié une petite chorale de gospel pour enjoliver notre mariage. Je retiens aussi le cadeau original offert par mes partenaires de Valenciennes : une étoile dans l'Univers.

Sur le site de la NASA, il est en effet possible d'acquérir une étoile, de la rebaptiser à son nom et d'en avoir la propriété.

On nous remet ensuite un certificat comprenant toutes les coordonnées astronomiques (voir annexes).

Le nom de l'étoile est conservé dans une chambre forte d'archivage et inscrit dans un livre déposé au Bureau des droits d'auteur aux États-Unis. L'étoile « Karine et Steve Savidan » brille quelque part dans l'espace.

C'est un cadeau très symbolique. On m'a toujours dit que j'étais né sous une bonne étoile…

***

À vingt-huit ans, je m'apprête à faire mes premiers pas en Ligue 1. Nous sommes cinq dans l'effectif de Valenciennes à avoir été là au début de l'aventure ascensionnelle et sensationnelle : Rudy Mater, Éric Chelle, Mody Traoré, José Saez et moi-même sommes les seuls fidèles rescapés de l'époque du National.

Le groupe s'enrichit dans chaque ligne avec les arrivées de Nicolas Penneteau, Sébastien Roudet, Patrick Paauwe de Feyenoord Rotterdam ou encore du Roumain Florin Bratu…

Les média notent la présence de trois clubs du Nord en Ligue 1, Lens, Lille et Valenciennes[1], mais insistent sur les retrouvailles avec Marseille. Treize ans ont passé depuis la

1. Rejoints par Boulogne-sur-Mer lors de la saison 2009-2010.

célèbre affaire de corruption VA-OM. Le 20 mai 1993, des joueurs de Valenciennes avaient déclaré avoir été invités à lever le pied pendant le match en échange d'une somme d'argent. L'OM avait gagné 1-0 et ce sombre épisode du football français est encore dans toutes les mémoires nordistes.

La première journée nous offre un déplacement à Auxerre. La presse s'interroge:

« Que va donner Valenciennes en championnat? » et « Savidan a-t-il le niveau Ligue 1 ? ».

Premiers éléments de réponse à l'entame du championnat. Le 5 août 2006, nous jouons à Auxerre. Résultat nul: un but partout et je marque mon premier but en L1 sur une échappée côté droit puis un grand pont sur un défenseur.

Deuxième journée, on reçoit le PSG: 0-0

Troisième journée, première défaite au Mans: 3 à 2 mais je réussis le doublé et j'occupe la tête du classement des buteurs avec Bangoura et Odemwingie.

Fin septembre, Valenciennes pointe à la onzième place du classement. Bilan très honorable presque au-delà de nos espérances.

Dans le même temps, Karine tombe enceinte, l'arrivée de Marius est prévue pour le début de l'été 2007.

En novembre, je signe un nouveau contrat avec Valenciennes. Mon salaire mensuel passe de 15 000 à 30 000 euros, assorti d'une belle prime versée tous les six mois sur trois ans.

J'ai envie de me faire plaisir avec ce bonus financier et de m'offrir une petite folie: une Porsche ! Mais Karine me ramène à la réalité et me propose un deal:

« Réussis d'abord un exploit en championnat et, après, tu pourras te payer ta Porsche ! »

Pari tenu ! L'exploit aura lieu quelques mois plus tard, à Nantes, face à Fabien Barthez…

***

À la fin des matchs aller, j'en suis à sept buts et Valenciennes est quatorzième de la Ligue 1 avec une petite marge de sécurité : quatre points d'avance sur la zone des relégables.

Notre principale faiblesse se situe à l'extérieur où nous avons perdu quasiment tous nos matchs, un seul point gagné en dix déplacements.

Mais cette malédiction prend fin en 2007, au début des matchs retour. Nous gagnons d'abord au Parc des Princes contre le PSG, deux buts à un avant de réaliser un festival le 10 février sur la pelouse de la Beaujoire.

Au match aller, en septembre, devant notre public, nous avions battu Nantes 1-0. J'avais marqué l'unique but de la rencontre.

Pour cette seconde manche, ma famille et mes amis d'Angers sont dans les tribunes. Nantes, en position de relégable, est un concurrent direct pour le maintien. La tension est palpable avant le match. Pour ma part, j'ai accumulé beaucoup de fatigue et de stress ces derniers temps, à cause de l'ouverture imminente de mon restaurant.

Pourtant, au moment de l'échauffement, je me sens plutôt bien et ça se confirme au bout de dix-huit minutes de jeu.

Sur un coup franc de Geoffrey Doumeng, j'effleure le ballon du pied droit, Fabien Barthez est battu : 1-0.

C'est le score à la mi-temps. Le match est retransmis sur Foot +, et c'est un ancien joueur professionnel, Vincent Cobos, qui officie au bord du terrain comme intervieweur :

« Alors Steve, vous avez marqué un but important qui permet à votre équipe de mener au score. Quelles seront les consignes pour la seconde période ?
– Ah, ça… c'est un secret ! »

Ma réponse est totalement improvisée et sans fondement. Mais ça m'amuse de lancer ce genre de réplique. Alors que certains joueurs sont réticents de s'exprimer avant ou pendant un match, moi j'aime cet exercice. Non seulement ça n'a aucune incidence sur ma concentration mais c'est même une source de motivation !

Devant un micro, face à une caméra, j'alterne les réponses sérieuses, pleines de sincérité et la carte de l'humour, de l'imprévisible, comme le jour où un journaliste me demande :

« Steve, des changements à la mi-temps ?
– Euh… oui mon caleçon ! »

Peu importe si mon style choque ou heurte les oreilles chastes :

« Je suis vraiment désolé pour le spectacle. Déjà moi je me suis fait chier sur le terrain alors j'imagine que les spectateurs ont vraiment dû s'emmerder ! »

Parfois, je suis volontairement grossier pour manifester ma colère après une défaite :

« Faut vraiment qu'on se sorte les doigts du cul sinon on va descendre en Ligue 2 ! »

J'essaie quand même de tirer une analyse précise à chaud, sans langue de bois, ce qui fait de moi un bon client pour les média :

« Ce soir, on a été complètement nul en première mi-temps. À l'arrivée, on fait match nul donc finalement ce n'est pas si mal de prendre un point en jouant la moitié d'un match ! »

Parfois, c'est avant la rencontre que mes déclarations surprennent, comme le jour où j'ironise sur le taux d'alcoolémie du Lyonnais Sidney Govou, lors d'un contrôle de police :

« S'ils se font contrôler à 2,6 grammes, ça peut être positif pour nous quand on va les affronter, parce que nous, on n'est qu'à un gramme ! »

Une seule fois, une question m'a déstabilisé. Elle m'a été posée par Yannick Le Saux en direct sur Foot +, inspirée de l'humoriste Pierre Dac.

Une question totalement absurde et incompréhensible :

« Est-ce que les circonstances de votre victoire font partie de celles dont la valeur ne peut échapper qu'à ceux dont la légèreté et l'incompréhension constituent une sorte de conglomérat d'ignorance que vous voulez bien croire exceptionnellement aujourd'hui indépendant de leur juste volonté ? »

J'ai fait mine de la comprendre et d'y répondre de façon cohérente :

« C'est une victoire de groupe et non une performance individuelle. »

C'était très drôle. Il m'a bien piégé sur ce coup-là !

Je suis donc généralement plutôt à l'aise devant les journalistes. Parfois, je suis même admiratif devant leur professionnalisme. J'avoue avoir été impressionné par le talent d'un grand monsieur de la télé, Thierry Gilardi, qui me manque cruellement aujourd'hui ou encore par la fougue d'Alexandre Ruiz, à l'époque où il présentait l'émission *Jour de foot*, sur Canal +.

La seconde période n'a repris que depuis deux minutes à Nantes et j'inscris un deuxième but sur une passe de Laurent Dufresne.

2-0. Je n'ai pas encore réellement conscience que je viens de battre deux fois Barthez. J'ai simplement marqué deux buts à... Nantes et c'est très symbolique pour l'Angevin que je suis, qui a toujours rêvé de jouer sous le maillot nantais.

Plus que vingt minutes à jouer et le duo s'en donne à cœur joie. Encore Dufresne pour un centre décisif que je reprends en pleine course et à bout portant : 3-0 !

C'est mon premier triplé en Ligue 1. Si je baigne dans l'euphorie, je n'en suis pas moins rassasié. Trois minutes plus tard, on inverse les rôles : je centre pour la tête de Dufresne : 4 à 0 !

À aucun moment dans ce match, Valenciennes ne cherche à gérer le résultat, à défendre son avantage. Nous jouons tout pour l'attaque, nous voulons une victoire écrasante sur Nantes. C'est sûrement ce qui explique notre petit relâchement dans le dernier quart d'heure. On encaisse deux buts et on ne mène plus que 4 à 2.

Mais à la quatre-vingt-septième minute, sur une combinaison avec Dossevi, je porte le score à 5-2. Je réussis le quadruplé, quatre buts face à Fabien Barthez, le gardien champion du monde en 1998 !

Mes partenaires sont hystériques alors que je manifeste ma joie en indiquant le chiffre 5 avec la main. Tout le monde a cru que j'indiquais nos cinq buts marqués. En réalité, ce geste traduisait ma volonté farouche d'en inscrire *personnellement* cinq.

Mais je n'ai pas réussi, malgré une ultime occasion en fin de match.

En fait, je n'ai qu'un seul regret : avoir récolté un carton jaune au cours du match. A priori, ça semble anecdotique mais ce jour-là cette sanction m'a privé de la note parfaite dans le journal *L'Équipe*. J'ai obtenu 9,5 sur 10. Sans ce carton jaune, j'aurais eu 10 !

J'ai toujours entretenu d'excellentes relations avec les arbitres. J'ai même échangé mon maillot avec certains d'entre eux. Mon préféré est Saïd Ennjimi, à la fois cool, compétent, sincère et compréhensif. Avec lui, quand une action est litigieuse, le dialogue est ouvert. Je me souviens de sa franchise lors d'un match :

« Eh franchement t'as déconné, il y avait faute sur moi !

– Je suis désolé Steve, je n'ai pas vu de faute. Je me suis peut-être trompé mais je ne peux pas revenir dessus. On en reparlera plus tard. »

Saïd Ennjimi fait partie des arbitres avec lesquels on peut discuter. Même si je n'ai pas eu gain de cause sur une action précise, je sais que l'on pourra s'expliquer après le match sans rancœur ni animosité.

Je ne suis pas du genre à tricher sur un terrain ni à simuler pour obtenir un penalty. Du coup, lorsque je râle, proteste ou réclame un coup franc, les arbitres savent que je suis sincère. Et il suffit parfois de quelques mots pour atténuer ma déception et effacer ma frustration comme le jour où un arbitre m'a interpellé sur une phase de jeu :

« Steve, je sais que t'es sincère mais je t'assure : ça ne méritait vraiment pas le penalty ! »

On en vient au fameux duel livré chaque semaine avec un défenseur. C'est souvent un combat physique et mental. Dans un match, il y a l'affrontement de deux groupes mais il y a aussi un lien très particulier qui unit ou oppose un attaquant à un défenseur adverse. Celui qui m'a le plus impressionné dans ma carrière, c'est le Lyonnais Jean-Alain Boumsong. J'éprouve un profond respect pour l'homme et le footballeur. Je me souviens d'un match où nous étions menés 2-0.

Je lui dis :

« C'est bon là, laisse-moi marquer, vous allez gagner de toute façon ! »

On réduit le score, Lyon ne mène plus que 2 à 1 et Boumsong s'approche de moi avec le sourire :

« Ben voilà, vous avez marqué, c'est bon là ? !

– Ah oui mais *moi* je n'ai pas marqué mon but !

– Ah oui mais là c'est fini ! Je ne te laisserai sûrement pas marquer, crois-moi ! »

Ce jour-là, en effet, je n'ai pas marqué et on a perdu.

Voilà le genre de relation attaquant-défenseur que j'aime vivre sur un terrain ! Un respect mutuel sans insulte, sans coup bas.

Un grand défenseur ou un grand attaquant gagne son duel dans le jeu, dans le contact physique et non dans l'intimidation.

***

Ce 10 février 2007, grâce à mon quadruplé face à Barthez, je m'envole en tête du classement des buteurs. Teize buts soit quatre de plus que Pauleta, du PSG, et Aruna Dindane, de Lens.

J'avais promis à un ami de lui rapporter le maillot de Barthez. Au coup de sifflet final, je me précipite vers lui pour lui proposer d'échanger nos tuniques. Il accepte sans sourciller en me félicitant simplement :

« Bravo ! Bien joué ! »

Puis je retombe sur Vincent Cobos qui me tend le micro :

« Alors Steve, c'était quoi ce secret à la mi-temps ?

– Ben, je vous l'ai dit… c'est un secret ! »

Et je file à toute vitesse au vestiaire sans lui laisser le temps de poser une autre question !

Forcément, tous les journalistes de radio, télé et presse écrite m'attendent après le match. Je suis le héros de la soirée. Mais une fois douché et habillé, je zappe la salle de presse et je m'en vais rejoindre mes amis qui m'attendent à l'extérieur du stade, près du bus.

Antoine Kombouaré me rattrape :

« Steve, tu vas en conférence de presse.

– Non franchement je n'en ai pas envie, je reste avec mes amis.

– Alors je te demande une faveur. Réponds au moins aux questions de Sylvaine pour TF1. »

Sylvaine Mignogna. Tous les footballeurs professionnels la connaissent. Elle travaille depuis de nombreuses années pour l'émission *Téléfoot*, elle suit en permanence l'actualité des Bleus et se déplace sur les matchs de Ligue des champions retransmis par TF1.

Par amitié pour Sylvaine, Antoine Kombouaré me demande de me plier à l'interview. Ce soir-là, c'est la seule personne qui recueille mes impressions à l'issue de ce match mémorable face à Nantes.

De retour à Valenciennes, vers minuit, je rejoins Karine et des amis dans un restaurant de la ville, mais je ne suis pas d'humeur à faire la fête. On est à trois jours de l'ouverture du restaurant : le K9. K comme Karine et 9 comme le numéro de mon maillot fétiche.

Le lendemain après-midi, je passe les derniers coups de pinceau sur la façade du restaurant lorsqu'un passant m'apostrophe :

« Hé Steve, c'est incroyable ce que t'as réussi hier ! Tu plantes quatre buts à un champion du monde et t'es là aujourd'hui sur un escabeau en train de peindre ton futur resto ! »

Pour moi, ça n'a rien d'extraordinaire. Je n'ai fait que mon métier de footballeur la veille. La page est tournée, je me consacre maintenant à mon projet. Rien d'anormal.

Mais pendant trois jours, la presse me cherche partout, me laisse des dizaines de messages pour que je réagisse enfin publiquement à mon quadruplé. Je reste silencieux. Mon portable éteint, je suis bien trop préoccupé par le K9. Que je m'exprime ou non, on va en parler en long et en large dans les journaux. Et ce n'est pas non plus une obligation de m'exprimer après tout !

Le mardi, je demande à Antoine une autorisation exceptionnelle de sécher la séance d'entraînement du matin, car l'inauguration est prévue à 10 heures. J'ai toujours mis Antoine dans la confidence sur ce projet et sur la date d'ouverture. Et lui a toujours gardé le secret. Parfois, il me questionne sur l'avancée des travaux, il se soucie des incidences sur mon état de santé et s'inquiète de l'énergie déployée. Mais je le rassure en permanence. Ma carrière passe en priorité…

Quand le K9 ouvre ses portes le 13 février 2007, l'affluence est telle qu'il est impossible de dresser des tables et de proposer de la restauration à la clientèle. Pendant cinq jours, nous vendons exclusivement des boissons, le K9 ne désemplit pas et j'y suis tout le temps, avant et après les entraînements. J'en profite enfin pour convier les journalistes. Le deal est simple : j'accepte de revenir sur mon exploit du week-end mais les interviewes ont lieu au K9 ! Résultat en forme de joli coup de pub, tous les articles de presse révèlent l'existence de mon nouveau restaurant.

***

Après le match de Nantes, je ne marque plus aucun but lors des quatorze dernières journées de championnat.

J'analyse cette période de disette offensive par une évolution dans mon jeu : mon partenaire Éric Hassli joue désormais en position d'avant-centre tandis que j'évolue un peu plus sur les côtés et je défends davantage.

L'éclatante victoire à Nantes a provoqué un relâchement collectif et individuel. Lors des trois derniers mois de la saison, nous jouons sans pression car le maintien est quasiment assuré et on se contente de grappiller quelques points par-ci par-là.

Mais je nourris de grands regrets, car Pauleta me dépasse au classement des buteurs à l'avant-dernière journée. J'ai failli devenir le premier joueur de l'histoire à être sacré meilleur buteur trois années de suite dans trois divisions différentes et avec le même club !

J'aurais pu aussi réussir ce que seul l'Allemand Erwin Kostedde à accompli avec Laval en 1980 : devenir meilleur buteur du championnat de France pour sa première (et unique) saison en première division.

Je suis d'autant plus déçu de ne pas y être parvenu qu'aucun autre attaquant ne s'est vraiment illustré tout au long de la saison.

Pauleta est couronné pour la troisième fois de sa carrière avec le plus faible total de buts de l'histoire de la Ligue 1 : quinze soit deux de plus que moi.

Belle consolation tout de même : j'apparais dans l'équipe type officielle de la saison 2006-2007, c'est-à-dire parmi les onze meilleurs joueurs du championnat et on commence à me parler… de l'équipe de France.

Chaque fois que je m'exprime dans les média au sujet des Bleus, je m'interroge ouvertement : « Je voudrais savoir comment aller en équipe de France ? »

Un jour, un ami me reproche mes déclarations :

« Arrête de toujours tourner autour du pot, annonce publiquement que tu *veux* aller en équipe de France ! »

En juillet 2007, dans une interview, je me lance :

« Je veux être appelé par Raymond Domenech ! C'est mon objectif, de jouer en équipe de France. J'ai vingt-neuf ans, le temps presse. »

Le message est passé. Il me faudra patienter plus d'un an pour découvrir le monde des Bleus.

***

Durant l'été 2007, Karine donne naissance à notre deuxième fils, Marius. Et son arrivée nous renvoie au grand mystère de la génétique.

Pour rappel, Joris est né en 2002. Il est blanc avec les cheveux châtain clair et les yeux bleus comme moi. Marius a le teint mat, les cheveux bruns et les yeux noirs comme Karine. Notre photo de famille est une vrai pub Benetton.

Chaque jour, nous sommes confrontés aux regards des gens dans la rue, persuadés que Joris et Marius sont deux enfants adoptés.

Karine est parfois considérée comme une nourrice lorsqu'elle promène Joris. Quel bonheur lorsqu'il a commencé à parler et à l'appeler maman ! Je revois aussi la stupéfaction des passants quand il appelle son grand-père guadeloupéen papy.

Tout le monde se retourne, très intrigué.

Pourtant, Joris et Marius sont vraiment frères.

Les généticiens fournissent l'explication suivante : nos deux fils sont métis à des degrés différents. La probabilité d'avoir des enfants physiquement distincts est infime. Pour simplifier, c'est comme dans une loterie où vous avez des boules blanches et des boules noires. Statistiquement, lors du tirage, on verra tomber presque autant de boules noires que de boules blanches. Mais la probabilité d'avoir 95 % d'une même couleur existe. C'est exactement ce qui s'est produit pour Joris et Marius. Il y avait des millions de combinaisons possibles, mais Joris a pris mes gènes dominants et Marius ceux de Karine.

J'ai appris qu'en 2008, en Allemagne, une femme d'origine ghanéenne à la peau noire, dont le mari d'origine allemande est blond aux yeux bleus, a mis au monde de faux jumeaux : un bébé blanc et un bébé noir. C'est tout le charme et le mystère du métissage !

***

Au total, je suis resté six mois sans marquer, jusqu'au 15 août 2007, lors de la venue de l'Olympique de Marseille. L'OM était invaincu depuis dix matchs. Tous les pronostics prévoyaient notre défaite et le scénario du match tend à confirmer la différence entre les deux clubs. Nous sommes menés 1-0 mais à la soixante-deuxième minute, sur un centre de Roudet, j'égalise sur une tête piquée : un but partout.

Il reste trois minutes à jouer, on se dirige vers un match nul. L'arbitre siffle un coup franc en notre faveur à vingt mètres de la cage de Cédric Carrasso.

Antoine Kombouaré m'ordonne d'aller me positionner dans la surface de réparation. Je reste sourd à ses consignes. Je désobéis. Je décide de frapper le coup franc.

Un tir puissant qui propulse le ballon dans la lucarne : 2 buts à 1 !

Je réalise le doublé et Valenciennes met fin à l'invincibilité marseillaise. C'est probablement le but le plus marquant et le plus symbolique de ma carrière : l'adversaire, le temps qu'il restait à jouer, le geste imprévisible de ma part, mon indiscipline, ma hargne sans oublier la joie démesurée après le but. Je cours partout et comme à chaque fois que je marque, j'effectue un salto arrière.

Cette façon très particulière de célébrer mon but date de mon enfance. Lors d'un après-midi passé au centre aéré au parc du Hutreau, près d'Angers, durant une séance de gymnastique, un copain m'apprend les sauts périlleux. Au bout de dix tentatives infructueuses, je réussis l'acrobatie.

Je la reproduis chaque jour jusqu'à parfaitement maîtriser le mouvement.

À seize ans, je décide de l'appliquer en match, d'abord avec l'Intrépide d'Angers puis sous les couleurs du SCO d'Angers. Mais les dirigeants tentent de m'en dissuader, invoquant le risque de blessure. Je me résigne à cesser ce rituel mais l'un de mes coéquipiers, Sébastien Le Paih[2] m'encourage à continuer.

Selon lui, c'est une vraie marque de fabrique, une belle spécificité pour un buteur. Je perpétue l'exercice du salto arrière après chacun de mes buts tout au long de ma carrière et ça ne m'a jamais causé la moindre blessure sur un terrain.

La joie du buteur: sensation tellement personnelle. Il m'arrive d'avoir la conviction avant un match que je vais marquer. Si c'est le cas, ma joie sera beaucoup plus mesurée.

Parfois, on lutte, on souffre durant toute la rencontre et, à la dernière minute, je finis par marquer. Là, c'est le bonheur incontrôlable.

Cela dépend aussi du contexte. Si je viens d'enchaîner deux ou trois prestations médiocres, sans efficacité et que les critiques s'abattent sur moi, je suis très démonstratif si j'inscris enfin un but. Ma joie est une réponse rageuse à mes détracteurs et se traduit par: « Vous voyez, je suis toujours là ! »

---

2. Sébastien Le Paih est un footballeur formé à Nantes, il a joué au Mans, à Lorient, à Angers et il termine actuellement sa carrière en CFA à Carquefou, héros de la Coupe de France en 2008 après avoir éliminé Nancy et Marseille.

Ma petite famille en vacances en Guadeloupe. © Collection de l'auteur

Laurence, Pascale, Wesley et moi (à droite) en 1983.

Joyeux Noël ! Quelques heures après cette photo, je finis aux urgences.

© Collection de l'auteur

Le soir de la montée en Ligue 1 avec mon petit frère Wesley. © Collection de l'auteur

Jéjé et Romu mes amis de toujours. © Collection de l'auteur

Avec Philippe Goblet, mon père spirituel. © Collection de l'auteur

Notre photo de mariage célébré après dix ans de vie commune.

Mes petits loulou : Joris et Marius. © Collection de l'auteur

Mes enfants avec ma petite sœur Jennifer. © Collection de l'auteur

« Savidan et cie » : des moments d'évasion durant ma carrière. © Collection de l'auteur

Instant de concentration (si si, ça m'arrive !). © Collection de l'auteur

Devant mon restaurant, le K9, à Valenciennes. © Didier Crasnault/*La Voie du Nord*

Face à l'OM, c'est une joie de cinglé, une joie communicative où supporters, partenaires et staff technique sont en liesse. Je ne me maîtrise plus, je suis en transe.

En revanche, je bannis certains gestes après un but, comme par exemple embrasser le maillot. Je sais que beaucoup de joueur font ça. Pour moi, ce n'est pas une preuve d'amour pour un club ni d'attachement envers les supporters.

Je suis scandalisé de voir des buteurs embrasser leur maillot alors que la veille ils étaient dans le bureau du président menaçant de s'en aller vers d'autres cieux !

***

À l'issue des matchs aller, durant la trêve hivernale de la saison 2007-2008, je tire un bilan de ma carrière à Valenciennes. Peut-être est-il temps d'envisager un départ. Je suis le meilleur buteur de l'équipe, mais que puis-je espérer de plus ?

J'éprouve le besoin d'un nouveau challenge, de me mettre en danger professionnellement. L'équipe de France ne m'a toujours pas ouvert ses portes. J'ai envie de découvrir de nouveaux horizons. J'en parle à mon agent, Henri Zambelli, et son associé, Philippe Flavier.

Très vite, ils m'informent de l'intérêt porté à mon sujet par plusieurs clubs : Lens, Lyon, Marseille, Rennes, Hoffenheim, en Allemagne, et même… le Real Madrid ! Cette dernière piste me paraît tellement irréelle que je crois à une mauvaise blague. Je découvre quelques jours plus tard le fax madrilène.

Il s'agit d'une demande authentique de renseignements, je fais partie des joueurs suivis, de près ou de loin, par le Real Madrid. Le simple fait de figurer sur une liste de recrue potentielle du plus grand club du monde me plonge dans un état jubilatoire !

Je révèle à Antoine Kombouaré mes velléités de départ et il me convainc de finir au moins la saison :

« Si, au mois de mai, tu as une belle proposition, sérieuse et concrète, on en parlera ensemble mais ne pars pas en cours de saison ! »

En janvier 2008, Jean-Pierre Papin et Daniel Leclercq, respectivement entraîneur et directeur technique de Lens, reviennent à la charge et soumettent officiellement une offre de transfert. Refus catégorique de mon club.

Je porte donc toujours le même maillot et je garde mon rythme : j'inscris un total de treize buts, comme la saison précédente, mais loin derrière le nouveau meilleur buteur, Karim Benzema et ses vingt réalisations. Dans la hiérarchie des attaquants postulant chez les Bleus, je ne suis qu'au cinquième ou sixième rang derrière de jeunes talents comme Briand ou Gomis.

La phase retour du championnat est sans grand relief. On se maintient plutôt aisément et on termine treizième de Ligue 1.

Cette période restera endeuillée par le décès de mon associé au K9, Arnaud Delahaye, victime d'une septicémie à l'âge de quarante ans.

Les pouvoirs sont délégués à Jean-Marie Vergé qui sera emporté à son tour par un cancer généralisé en novembre 2008 quelques jours avant l'annonce de ma sélection chez les Bleus.

***

En fin de saison, je ne sens pas une réelle envie de m'engager de la part des clubs censés me convoiter. Je rencontre d'abord Bernard Caiazzo, l'un des coprésidents de l'AS Saint-Étienne. Il se dit intéressé, mais ma venue chez les

Verts est conditionnée à l'éventuel départ de l'attaquant vedette, Bafétimbi Gomis.

Bref, il n'y a pas un désir fou de me faire venir, juste une approche.

Idem à Toulouse où on attend de savoir si Gignac restera ou s'en ira. À Marseille, c'est également le flou le plus total quant au recrutement. La piste lensoise n'est plus d'actualité car le club vient de descendre en Ligue 2.

Pour toutes les destinations possibles, les décideurs me demandent de patienter jusqu'en juillet voire jusqu'au mois d'août. Or, comme d'habitude, je tiens à être fixé sur mon sort avant la reprise de l'entraînement, fin juin.

Devant le faible engouement, je me résous à poursuivre l'aventure avec Valenciennes. Je prends rendez-vous avec Antoine Kombouaré et le responsable du recrutement, Éric Martin.

Je leur fais part de ma réflexion de rester au club, mais je demande une revalorisation de mon contrat. Mon salaire est de 45 000 euros. Les propositions extérieures tournent aux alentours de 60 000-70 000 euros. En tant que meilleur buteur de l'équipe, j'estime être en droit d'obtenir un effort financier de mon employeur et une prolongation de trois années. Antoine et Éric me répondent d'une seule voix :

« C'est impossible ! On veut que tu restes mais pas question de revoir les termes du contrat. Maintenant, si tu décides de t'en aller, on étudiera les offres. »

J'encaisse ce refus comme une petite gifle. Après quatre ans de fidélité, j'espérais susciter un plus grand intérêt à leurs yeux.

C'est alors que je reçois un appel de Franck Dumas, le manager sportif de Caen :

« Je te veux dans mon équipe la saison prochaine ! »

Et il me propose de doubler mon salaire.

Le Stade Malherbe de Caen a terminé onzième du championnat avec la quatrième meilleure attaque de France. Sa réputation est d'offrir une belle qualité de jeu. C'est un club qui a quelques similitudes avec Valenciennes : sain, équilibré et familial. L'adaptation sera facilitée. C'est aussi la seule proposition ferme et sérieuse qui m'est faite à cette époque.

J'en parle à mes agents qui jugent les conditions sportives et contractuelles excellentes.

Ma décision est prise, je vais signer à Caen.

Très vite, les deux clubs tombent d'accord sur le montant du transfert.

Tout le monde est surpris de mon choix, même ma femme.

Les amis du Nord et les supporters que je croise me témoignent leur tristesse de me voir quitter Valenciennes. Certains s'en prennent aux dirigeants : « Pourquoi vous n'avez pas retenu notre meilleur joueur ? »

D'autres voix s'élèvent invoquant l'argent au cœur du conflit : j'aurais été gourmand et/ou les dirigeants un peu radins…

À mon arrivée à Caen, je suis un peu mal à l'aise car tous les projecteurs sont braqués sur moi, mais l'intégration dans le groupe se passe bien, la ville est agréable et accueillante.

Je trouve rapidement mes repères et le nom du restaurant où j'ai l'habitude de déjeuner résume parfaitement ma situation : Le Père Tranquille.

Dès le début de la saison, je m'illustre par une passe décisive lors du premier match, à Bordeaux, et par un but lors de la deuxième journée, face à… Valenciennes. Après avoir marqué, j'hésite à célébrer ma joie comme si c'était un match ordinaire. Dois-je faire profil bas face à mes anciens partenaires ? Je décide de ne pas changer mes habitudes et j'offre à mon nouveau public un sourire radieux et un salto arrière. Nous gagnons 3 buts à 1.

Après treize journées de championnat, soit un tiers de la saison, Caen occupe une onzième place conforme à ses ambitions. Je suis le troisième meilleur buteur de Ligue 1 derrière l'indéboulonnable Benzema et l'Argentin de Bordeaux, Cavenaghi.

Le 11 novembre, je fais la une de *France football*:

Savidan, star du foot d'en bas.

Dans l'article qui m'est consacré, on met en évidence mes statistiques depuis que je joue en Ligue 1 (trente-deux buts en quatre-vingt-cinq matchs) et mes performances du début de saison : avec six buts et quatre passes décisives, je suis impliqué dans 55 % des buts de mon équipe, ce qui représente le ratio le plus élevé du championnat.

Un beau plaidoyer pour mon entrée chez les Bleus ! J'enfonce le clou dans l'interview en m'adressant directement au sélectionneur par voie de presse :

« Si Raymond Domenech choisit de prendre des joueurs performants, il a tout à fait le droit de m'essayer sur un match… Je ne vois pas la différence entre marquer des buts avec Valenciennes, Caen, l'OM ou Lyon, ce sont toujours des buts. »

Deux jours plus tard, j'apprenais ma convocation pour le match France/Uruguay.

L'appel des Bleus
5

Mercredi 19 novembre 2008 : jour J

Dès mon arrivée dans la salle du petit déjeuner, je sens que la tension est montée d'un cran. Le compte à rebours a commencé, nous sommes à H-12 du match contre l'Uruguay et les visages sont plus fermés que les jours précédents.
Pourtant, aucun élément extérieur n'est venu accroître cette pression palpable. Pour ne pas perturber, agacer ou déconcentrer les joueurs, les journaux sont interdits dans l'enceinte de Clairefontaine. Jusqu'au terme de ce rassemblement, nous sommes donc constamment sous une bulle protectrice, totalement coupés du monde extérieur, à l'abri des critiques médiatiques. Du moins en théorie, car paradoxalement, l'accès Internet est possible, même s'il est réglementé. Autrement dit, à Clairefontaine, nous pouvons consulter n'importe quel site sportif dans un créneau horaire bien déterminé mais très large, ensuite la

connexion est bloquée aux alentours de 23 h 30 jusqu'au lendemain matin.
Il y a aussi la télévision et donc toutes les chaînes d'information sportive, voilà donc pourquoi la bulle de protection n'est que relative.
D'autre part, presse interdite ne veut pas dire presse introuvable. Il y a toujours moyen de lire les journaux grâce à des complicités internes.
Pire, l'un des internationaux (je ne dévoilerai pas son nom) exige d'avoir tous les matins un exemplaire de *L'Équipe*. J'ignore s'il a l'autorisation exceptionnelle de Raymond Domenech ou si le sélectionneur ferme volontairement les yeux sur cette petite entrave au règlement, toujours est-il que, chaque jour, on apporte à ce joueur son journal préféré. Oui, il y a donc bien des passe-droits à Clairefontaine.

Les règles de vie sont globalement respectées et appliquées : la ponctualité, la tenue vestimentaire, la politesse vis-à-vis du groupe mais aussi du personnel du château, l'interdiction de sortir de Clairefontaine ou de faire venir une personne extérieure. Tout ce qui risque de nous disperser est banni et, hormis certains petits détails comme ce journal livré secrètement, la charte de bonne conduite est sauvegardée.

***

Rituel avant chaque match, que ce soit en club ou en sélection : la promenade matinale. La première fois aussi que nous sommes autorisés à sortir du site de Clairefontaine. Mais c'est une « liberté » ultra-surveillée! Une sécurité renforcée et assurée par une vingtaine de personnes visibles (gardes du corps et agents de la police ou de la gendarmerie nationale) équipées d'oreillette. Il y a aussi le bruit des motos et on aperçoit de temps en temps des cavaliers dans les bois qui nous observent de loin et veillent à ce qu'aucun intrus ne vienne troubler notre balade. Ce qui est incroyable, c'est que nous empruntons des petites rues autour du château et qu'à aucun moment nous ne croisons la population. Comme si un immense périmètre de sécurité s'était formé et un couvre-feu matinal avait été décrété pour le bon déroulement de notre marche.

La promenade dure une demi-heure et se déroule dans la bonne humeur voire la franche rigolade. À aucun moment nous ne parlons du match du soir, on échange plutôt des anecdotes sur nos clubs respectifs, nos prochains adversaires en championnat. Une complicité se crée avec Rod Fanni, qui lui aussi est l'un des derniers venus chez les Bleus.

Je discute avec Jimmy Briand, parce que nous avons les mêmes agents, Henri Zambelli, Philippe Flavier et Alain Caveglia.

Au milieu de toutes ces connivences, Patrick Vieira se rapproche de tous les jeunes et des nouveaux, il se préoccupe de leur bien-être. Toujours un petit mot amical et rassurant, histoire d'évacuer la pression. On sent la fibre de l'ancien, qui joue son rôle protecteur, et j'apprécie la démarche.

***

La matinée se termine, l'heure du déjeuner arrive. Je n'ai pas très faim et surtout je surveille mon alimentation ce qui n'est toujours pas le cas de Jérémy Toulalan, qui s'empiffre comme s'il n'avait pas mangé depuis trois jours !

C'est alors que je prends conscience, durant ce repas, du temps perdu. En observant tous ces grands joueurs autour de moi, des regrets m'envahissent. Je me rends compte que si j'avais connu certains codes, certains détails, peut-être aurais-je découvert la sélection plus tôt. J'ai trente ans et c'est aujourd'hui précisément que je déplore mes choix antérieurs, sans doute ai-je un peu gâché mon parcours footballistique ? Une prise de conscience sur le tard en forme d'interrogation : quelle carrière aurais-je mené si j'avais suivi une évolution moins atypique ?

Je remonte dans ma chambre et j'hésite longuement à faire la sieste. Voyant Franck Ribéry endormi, je me dis que je dois en faire autant et je décide d'éteindre la télé et de dormir jusqu'à 16 h 30.

À notre réveil, nous filons à la collation et là, je suis de nouveau épaté par la qualité et la quantité proposées. Avec mon club, c'est généralement assez limité. Ici à Clairefontaine, c'est le grand luxe !

Pendant que Toulalan ne déroge pas à ses principes et s'envoie des gaufres et des crêpes au Nutella, j'opte pour des féculents, mais je n'en

demeure pas moins l'une des attractions de la salle. En effet, depuis mon tout jeune âge, j'ai l'habitude de mélanger le sucré et le salé.
Me voilà donc en train de déguster un plat de pâtes avec une tranche de jambon et une barre de céréales, le tout agrémenté d'un peu de confiture ! Même Toulalan s'en étonne et s'en amuse…
Je reste silencieux, je suis déjà concentré, j'écoute.

Puis, nous retournons une dernière fois dans nos chambres préparer nos bagages. Anecdote cocasse : Manu, l'intendant, me propose de laisser au château mon sac et mon équipement pour le prochain rassemblement. Je le regarde perplexe. Cela signifierait donc que je reviendrai, que je serai de nouveau convoqué pour un match de l'équipe de France ?! Finalement, je décide de tout emmener…

Arrive le moment de la causerie, l'annonce de la composition de l'équipe, la tactique mise au point, tous les derniers détails. Raymond Domenech expose ses choix, tandis que Bruno Martini prend la parole pour les consignes individuelles sur coups de pied arrêtés, et les différents cas de figure sont projetés sur grand écran.
C'est là que je m'aperçois que je suis remplaçant. Je le savais mais je n'en ai pas l'habitude. Depuis quelques années, en club, je suis toujours titulaire alors forcément, spontanément, naturellement, je suis déçu. Le visage de

Karim Benzema est encore plus fermé. Il sera sur le banc comme moi et je devine qu'il accuse le coup.

Nous voilà sur le perron du château. Le bus nous attend. Je suis le premier à y monter mais je ne sais pas où m'asseoir. Y a-t-il des places réservées ? Je me dirige tout au fond et m'installe à l'avant-dernière rangée sur la gauche tout en ayant le pressentiment que le siège est destiné à un autre. Gagné !
« Hé le jeune, t'as pris ma place ! »
Patrick Vieira me gronde avec le sourire
« Désolé Pat, je ne savais pas.
– Pas grave, ne t'inquiète pas, reste là, je vais m'asseoir derrière. »

En fait Patrick et moi, nous bavardons durant tout le voyage car nous écoutons le même style de musique : house-techno.
C'est la particularité du monde du foot, lors des déplacements, chacun se munit de son baladeur MP3. Certains préfèrent la console de jeu portable.
J'envoie quelques SMS à Karine pour m'assurer qu'elle a bien retiré les places au guichet des invitations. Mon regard se tourne vers la route. Toujours cette impressionnante escorte policière et plus nous avançons vers le but final, plus les klaxons retentissent, les écharpes s'agitent à travers les vitres des voitures que nous dépassons.
Soudain, après un long tunnel : le Stade de France.

Je n'y suis allé qu'en tant que spectateur. Aujourd'hui, tout ce que je vais voir sera nouveau. L'intimité de ce lieu magique sera une grande découverte.
En descendant du bus, l'un des motards appartenant au cortège de sécurité me lance : « Bon match, Steve ! On est avec toi ! »
Je souris, heureux, comblé.
Je ne sais pas où aller, alors je suis le mouvement. Il nous conduit jusqu'au vestiaire.
Je cherche ma place et mon regard s'arrête sur un cintre sur lequel repose un maillot floqué de mon nom et du numéro 9.
J'exulte.
Puis nous allons en repérage sur la pelouse. Le stade dégage une impression d'immensité. Je croise le speaker, Jean-Pierre Paoli, que j'avais rencontré onze ans auparavant, à l'époque de Châteauroux. Il me claque la bise et s'écrie :
« Je suis super-content que tu sois là ! Tu te rends compte, depuis toutes ces années ! »

Nous regagnons le vestiaire et Anelka s'improvise DJ attitré du groupe. Musique à fond ! Rap et R'n'B. J'adore ! D'habitude, à Caen, c'est moi qui m'occupe de la musique lors de l'avant-match.
Excellent moyen de décompresser. Certains joueurs dansent. Le vestiaire est encore comme un cocon, personne à part le staff n'a le droit d'y entrer.
Le temps passe trop vite. Est-ce le fait d'être remplaçant ? J'oublie toutes mes manies, mes petites superstitions. Je savoure ces instants,

insouciant. Je contemple les lieux, scrute les visages, prête attention à tout, écoute les rires, les petites phrases échangées ici ou là. Le sélectionneur s'approche de chaque joueur, leur glisse un petit mot.

« Ça va Steve ? T'es bien ? Pas trop la pression ?
– Tout va bien, coach ! »

Puis Thierry Henry donne le signal :
« Allez, on y va ! »

Comme le veut la tradition, les gardiens s'échauffent en premier. Puis c'est au tour des joueurs de champ.
Je ne sais pas trop avec qui m'entraîner. Je rejoins les autres attaquants qui ne débuteront pas le match, comme Jimmy Briand et Karim Benzema.
Sur la pelouse, on entend tout ce qui se dit dans les tribunes. Les spectateurs l'ignorent mais le moindre encouragement est parfaitement perçu par les joueurs sur le terrain. J'entends des « Allez Savidan ! » et je vois mes amis prendre place dans les gradins et déployer des banderoles à mon effigie et sortir des sombreros !
Ça me fait sourire, je me sens bien.
Après l'échauffement, nous retournons dans le vestiaire. L'ambiance est radicalement différente, presque pesante. La musique est éteinte. Seul le bruit des crampons brise le silence.
Il n'y a plus de sourire, les visages sont tendus comme si nous allions à la guerre. Les gars se frôlent, se motivent, tournent en rond comme

dans une cage. Le sélectionneur semble perdu dans ses pensées. Même si je ne suis pas titulaire, je suis conditionné et je m'approche de chaque joueur. Je leur envoie des ondes positives. Je me surprends à apostropher Anelka et Henry :
« Bon match ! Allez faut tout donner ! On est là pour gagner les mecs ! »

Puis je me dirige vers le tunnel qui mène au terrain. Les remplaçants sortent toujours avant les titulaires. Le stade s'est totalement rempli. J'ai l'impression d'entrer dans une arène chauffée à blanc. Je ne sais où aller, à gauche ou à droite ? Quel est le banc réservé à la France ? C'est un type de la sécurité qui m'indique la bonne direction. Je regarde ébahi les drapeaux, je m'imprègne de l'ambiance. Je m'installe à l'extrémité du banc tricolore, où viennent me rejoindre Benzema, Briand, Pelé, Lloris et Boumsong. Je ne tiens pas en place. Je me penche pour adresser un petit signe à tous mes amis. Je lance un baiser à ma femme qui me le rend aussitôt.
Puis la musique du Stade de France retentit et les titulaires font leur entrée sous les applaudissements nourris. Au micro, Jean-Pierre Paoli énumère chaque joueur :
« Numéro 9, Steeeeeve… »
Et le public d'une seule voix de compléter :
« … Savidaaaaaaaan. »

Je suis envahi de frissons qui se décuplent lorsque *La Marseillaise* est jouée. Je chante l'hymne national.

Le coup d'envoi est donné, je ne tiens pas en place et j'exhorte mes partenaires :
« Allez les gars, c'est bien ! ça va venir ! Continuez comme ça ! »
Je me lève, je me rassois. Je me comporte comme un coach qui encourage ses joueurs et donne des consignes. Je suis le seul des remplaçants à me comporter ainsi. Les autres sont impassibles, sagement assis.

Raymond Domenech et ses adjoints remarquent mon petit manège, je sens que ça les agace un peu de me voir aussi agité, mais ça les amuse et mon état d'esprit doit leur plaire en fin de compte. En tout cas, personne ne me reproche mon attitude.
Toujours 0-0, la mi-temps approche quand Pierre Mankowski m'interpelle ainsi que Nasri et Diarra :
« Allez vous échauffer ! »
Nous commençons les petites foulées le long de la ligne de touche jusqu'au poteau de corner. Nous accomplissons les étirements habituels tout en suivant la rencontre.
La mi-temps est sifflée. Samir, Alou et moi nous apprêtons également à rentrer au vestiaire à la pause mais Mankowski revient vers nous :
« Samir, tu peux aller au vestiaire, mais Steve et Alou, vous continuez à vous échauffer, vous rentrerez après la mi-temps. »

Je ne comprends pas trop. Nous rentrerons où ? Au vestiaire ? Sur le terrain ? Alou Diarra me regarde avec un grand sourire :

« Eh Steve, c'est le grand jour mon pote ! On va jouer la seconde période... Vas-y c'est parti pour toi ! T'y es maintenant ! »

Ça fait quatre ou cinq ans que je croise régulièrement Alou dans le championnat de France. C'est parfois mon adversaire direct, mais un respect mutuel est né au fil des matchs, une réelle amitié s'est forgée entre nous, et c'est un joli signe du destin d'être associés sous le maillot bleu.

Au bout de dix minutes, l'adjoint du sélectionneur nous appelle :
« Allez vous changer, vous rentrez tout de suite ! »
Clin d'œil complice de Diarra.
Nous revenons au vestiaire.
Bruno Martini et Raymond Domenech m'apprennent que je remplace Anelka et me donnent toutes les consignes de base : les placements sur les coups de pied arrêté, le nouveau schéma tactique avec trois attaquants, le jeu sans ballon...
« Fais comme dans ton club, comme en championnat. Percute ! Garde ton style, sois toi-même et surtout, te prends pas la tête ! T'as aucune pression ! »

Par ces mots, le sélectionneur me rassure. Puis c'est au tour d'Anelka, Henry, Vieira de m'encourager :
« Allez, vas-y Steve, t'inquiète pas, on sera proche de toi ! »

Chacun m'adresse une petite tape amicale. J'ajuste mon maillot, remonte mes chaussettes, passe ma main dans les cheveux. Domenech m'attend à la porte du vestiaire et m'accompagne jusqu'à la pelouse. Je tremble mais c'est une sensation enivrante et positive. À la télé, on me voit rigoler avec le sélectionneur. Sans doute au moment où il me rassure une dernière fois et où je lui réponds :
« Ne vous inquiétez pas, coach, je vais gérer le truc ! »

Alou Diarra m'attend au bord du terrain et je vois le quatrième arbitre lever un panneau électronique où s'affichent le 39 et le 9. Le numéro d'Anelka et le mien. L'annonce officielle du changement. Le public scande mon nom. J'ai la gorge nouée. Soudain j'ai peur et je me dis :
« Tu es tout seul maintenant ! À toi de jouer ! »

Je pense à Karine, à mes enfants, à mes parents, à mes potes, à mon grand-père décédé récemment. Plein d'images me reviennent en mémoire et se succèdent en quelques secondes.

Je fais mes premiers pas sur le terrain. À cet instant, je deviens international à VIE.
La première personne à venir près de moi est Franck Ribéry. Durant le stage, il a toujours été là, à m'épauler, me guider, me conseiller.
« Bon alors, ne te complique pas la vie, on est tous avec toi et on a besoin de toi. À toi de jouer ! Montre-leur à tous ! »

« Montre-leur… » Ces mots résonnent dans ma tête. Oui, je dois montrer, démontrer que je mérite d'être là, que la confiance qui m'est accordée n'est pas usurpée. Montrer à tous, à mes amis comme à mes détracteurs, que je vais être à la hauteur de cette chance qui m'est donnée de porter le maillot de l'équipe de France.

Je touche mon premier ballon au bout de quatre minutes après avoir multiplié les appels, traduisez les courses pour me rendre disponible. C'est Patrice Évra qui m'offre ce premier ballon, que je négocie moyennement pour ne pas dire laborieusement. Mais ce premier contact avec le cuir me rassure. Ca y est, je suis dans le match. La confiance est là et… je me lâche !

Je me revois jouer simplement, en une ou deux touches de balle.

Ma première frappe survient sur une passe de Ribéry. Mon tir était cadré mais dévié en corner. J'ai vaincu toutes mes peurs, mon appréhension. Je fais abstraction du contexte pourtant si particulier.

Je respecte les consignes et surveille toujours la position de mon compère en attaque, Thierry Henry. Il est le point de repère pour tous mes déplacements.

Soixante-deuxième minute de jeu : je tente une bicyclette. Dans le jargon footballistique, c'est une reprise de volée dos au but. Très spectaculaire. Quand le ballon finit au fond des filets, c'est un but d'anthologie qui reste dans les

annales. Là je ne marque pas, mais je *devais* marquer. Franchement, j'ai maîtrisé mon geste de peur de heurter avec le pied le visage de mon adversaire. Ah ! Si je n'avais pas éprouvé cette crainte, si seulement je ne m'étais pas soucié de mon garde du corps uruguayen… Il me semble que le gardien était battu.
J'entends les encouragements de Domenech. Lui aussi a cru au but. Tout le monde y a cru et j'y crois de plus en plus.
Cinq minutes plus tard, seconde bicyclette, sans plus de réussite. J'aime les reprises acrobatiques et je ne manque jamais une occasion de les tenter, non pas pour soulever les foules et assurer le spectacle mais parce que réellement, lorsqu'elles sont bien exécutées, la spontanéité alliée à la puissance rend la frappe impossible à arrêter, à condition qu'elle soit précise. Et c'est bien ça le plus difficile. Être précis quand on est dans une mauvaise position, dos au but. Comme si un funambule devait garder l'équilibre en sautillant sur son fil.

Je n'ai donc pas marqué. La France et l'Uruguay font match nul, 0-0, mais je n'ai aucun regret dans ce match. Certains ont dû apprécier mon culot, mon engagement, ma volonté.
Au coup de sifflet final, je ne pense pas à la suite, aux retombées de ma prestation. J'échange mon maillot avec le capitaine de la sélection uruguayenne. Je me dis que c'est sympa de conserver la tunique de son adversaire en Équipe de France, d'autant qu'il me reste ma tenue inutilisée de la première

période. Eh oui, nous avons deux jeux de maillots pour tous les matchs internationaux.
Je suis évidemment déçu du résultat. Nous n'avons pas gagné ce soir. Je décide quand même d'accomplir un petit tour de stade pour remercier le public, l'applaudir pour son accueil. Je finis par la tribune où se trouvent mes potes. Ils lèvent les bras et scandent mon nom.
En regagnant le tunnel, j'aperçois mon cousin à quelques mètres de moi. Je décide de lui lancer le maillot uruguayen. Il est fou de joie.
Je croise Patrick Vieira en train de répondre aux questions de TF1. Je m'écrie :
« Eh Pat, franchement super hein ! »
Il se marre en pleine interview.
Devant moi, Raymond Domenech m'apostrophe :
« Super Steve ! C'est bien ce que tu as fait. »
Arrivé dans le vestiaire, on me félicite. Jean-Alain Boumsong me parle de mon nouveau statut :
« Ça y est, c'était ta première, maintenant tu es in-ter-na-tio-nal à vie ! Ta carrière va changer à partir d'aujourd'hui ! »
Je m'assois et, tour à tour, plusieurs joueurs viennent déposer leur offrande sur mon sac : Ribéry, Mexès, Benzema, Anelka, Henry, Diarra et Mandanda, au total ils sont sept à m'offrir leur maillot !
Est-ce un rituel après une première cape ou un témoignage exceptionnel de sympathie, d'amitié ?
Manu, l'intendant, me fait cadeau du fanion officiel de la rencontre. Je lui demande une feuille de match sur laquelle je réclame à tous

mes partenaires, et même au sélectionneur, d'apposer leur autographe, leur dédicace comme s'il me fallait un dernier souvenir, une trace de cette soirée, pour me dire plus tard: « J'y étais. »
Sous la douche, tout le monde m'appelle Jean-Pierre Papin, en référence à mes deux reprises de volée. Patrice Évra ironise:
« Ah ! Il est beau Jean-Pierre Papin, ça y est, on l'a retrouvé JPP ! »
Je vois Domenech se marrer.
Les joueurs quittent le vestiaire au compte-gouttes. Je prends mon temps pour me rhabiller
« Allez salut Steve ! Et… à bientôt alors ! »
Le plus bel hommage vient de Patrick Vieira, avec qui je n'ai donc pas joué puisqu'il avait été remplacé à la mi-temps par Alou Diarra:
« Franchement Steve, j'ai pris mon pied à te voir jouer ! »
Je sens l'émotion monter, je le remercie chaleureusement du compliment.
C'est à partir de ce moment-là que les choses se gâtent.

Jeudi 20 novembre 2008 : minuit

Il est minuit. Ma femme vient de m'offrir ma deuxième cigarette en quatre jours. Je viens de passer une épreuve pénible: la conférence de presse d'après-match. C'était une obligation, je me suis donc plié à la règle. Au début, je joue la carte de l'humour, je m'empare de tous les micros et je jongle avec. Je fais le clown devant

les radios et les télés, je refuse de me prendre au sérieux et je ne réponds pas vraiment aux questions qui me sont posées. Je répète que je n'avais qu'une seule idée en tête ces derniers jours : honorer ma première sélection. Maintenant, c'est fait, basta, la vie continue.
Mais je sens que les média se moquent de ma prestation, peu importe si j'ai passé l'examen avec succès ou si c'est l'échec. Ils n'abordent même pas mes occasions ratées, c'est moi qui en parle.
Ils veulent m'emmener sur le débat des choix de Raymond Domenech, l'absence de contenu dans le jeu de l'équipe de France... Bref l'éternelle polémique remise sur le tapis médiatique.
Je n'ai aucune envie de me soumettre à cet exercice d'attaque-défense. Dans cette hostilité ambiante, heureusement, il y a un peu de réjouissance : je suis invité avec Philippe Mexès au studio RTL, animé par Christophe Pacaud, qui me met en liaison avec mon restaurant, le K9, à Valenciennes. J'entends des voix familières et l'ambiance festive qui règne là-bas. On me demande où sont allées mes pensées au moment d'entrer sur le terrain, ce que j'ai ressenti en portant le maillot bleu et si je suis satisfait de mon match. Enfin des questions personnelles !

***

Je regarde l'heure : minuit passé. Je serre ma femme dans mes bras tandis que tous mes amis

m'entourent. Ils sont fiers de moi comme moi j'étais fier qu'ils soient tous là pour ma première sélection.
J'aurais dû prolonger la nuit avec eux, j'aurais dû rester avec Karine et rentrer avec elle sur Angers retrouver nos enfants. Mais je suis rentré à Caen en voiture avec mon entraîneur, Franck Dumas.
Conscience professionnelle ? Peur de me laisser griser par ce nouveau statut ? Volonté de me reconcentrer au plus vite sur le championnat de France ? Je l'ignore, mais quelle qu'en soit la raison, ce fut une grosse erreur. Je suis le seul joueur de l'équipe de France à être revenu si vite dans ma ville, tous les autres sont restés sur Paris et certains avaient même prévu un repas. Patrick Vieira me convie, je décline son invitation :
« Désolé mais j'ai un entraînement demain. »
Il paraît surpris et tente de me convaincre :
« Rhoo, ça va, t'as une bonne excuse, n'y vas pas. Tu peux rater une séance quand même ! »

Eh bien non, je suis resté un bon élève discipliné et assidu.
Mais en réfléchissant à la suite des événements, j'aurais dû rester avec mes proches ou me joindre à la tablée des internationaux.
Je suis remonté à la surface trop rapidement. Comme un plongeur qui oublie les paliers de décompression.
Premier *bad trip* chez moi à 3 heures du matin. Je suis affalé sur mon canapé, incapable de trouver le sommeil. Je reste éveillé devant les

commentaires et analyses des chaînes d'information continue. J'ai encore plein d'étoiles dans les yeux mais le regret immense d'être seul chez moi quelques heures après avoir fêté ma première cape.

***

À 8h15, je suis à l'entraînement. Les supporters et joueurs caennais me réservent un très bel accueil mais ne cache pas leur surprise de me voir ici ce matin:
« Mais tu es déjà revenu ? »
Ce genre de réflexion ne fait que décupler mes regrets d'être rentré si vite à Caen.
À midi, je vais déjeuner avec un ami et tous les gens que je croise me félicitent pour mon match et se réjouissent de l'impact énorme de ma sélection pour toute la ville de Caen.
Je reste donc deux jours durant en célibataire forcé chez moi et je prends conscience du fossé entre la vie en équipe de France et celle dans mon club du Stade Malherbe de Caen. Je mesure l'écart considérable entre les deux quant aux conditions d'entraînement. Je vais même jusqu'à m'interroger sur la proximité des gens au quotidien: est-elle positive ou négative?
L'équipe de France est un cocon si protégé et si verrouillé.
Quand on veut toucher le plus haut niveau, n'est-ce pas préférable en fin de compte d'évoluer sous une bulle ?
Voilà toutes ces questions existentielles et footballistiques que je me pose et me repose

incessamment pendant ces deux jours de solitude. Je n'ai pas les clés, je n'ai que des cadenas devant moi.
Comment rebondir sur terre après avoir flotté sur un nuage ?
Forcément je ne me sentais guère en état psychologique de jouer le week-end suivant en championnat contre Auxerre.
Comment repartir sur un nouveau challenge ?
Comment gérer, accepter l'image que je renvoie désormais à mes partenaires ?
Je sens bien qu'il y a un certain malaise dans les rapports au quotidien. Est-ce que quelque chose a changé réellement ou s'est cassé ?
Je dois assumer, vivre avec ça et je me prépare à traverser l'une des périodes les plus difficiles de ma carrière.

6
Le crépuscule

Le match suivant contre Auxerre du 22 novembre 2008 sera notre seule victoire jusqu'au 11 avril 2009.

Nous étions en milieu de classement à l'automne lorsque j'ai été appelé chez les Bleus, nous serons dix-neuvième et donc relégables au début du printemps. Quatre mois et demi sans gagner. Un terrible déclin dont on va bien sûr me faire porter une grande part de responsabilité.

Une longue et sombre période durant laquelle on débat sur ma forme, mon rendement, les conséquences néfastes de ce passage en équipe de France pour moi et pour le club de Caen.

On dit que je suis devenu mauvais. Mais est-ce que tout est de ma faute ? Est-ce que je dois endosser toute la responsabilité de ce naufrage ?

En quinze matchs, Caen ne va marquer que douze buts, dont trois seulement par ma « pomme » ! Effectivement mon bilan ne plaide pas en ma faveur. Mais avec le recul et toute l'analyse à laquelle je me suis livré pendant ces quatre ou cinq mois, je reste persuadé que je n'ai pas été accompagné. Je ne sais pas ce qui aurait dû être fait, mais ce qui est certain, c'est quc tout aurait dû être différent. Je suis resté seul avec mes interrogations sans réponses, avec la gestion médiatique, les diffamations sur mon mode de vie, les mensonges sur ma motivation…

Le 30 mai 2009, Caen est relégué en Ligue 2 après une ultime défaite à domicile contre le nouveau champion de France : Bordeaux.

Je boucle la saison quatrième meilleur buteur du championnat avec quatorze buts, mon record personnel. Il paraît que je suis impliqué dans la moitié des buts de Caen, mais cela n'a pas suffi pour éviter le naufrage, l'échec sportif d'une équipe, d'un club qui comptait pourtant dans ses rangs d'autres internationaux : Rémi Gomis, avec la sélection du Sénégal, Fahid Ben Khalfallah, avec la Tunisie, et Sambou Yatabaré, chez les espoirs français.

Y avait-il aussi une mauvaise ambiance dans le groupe, argument maintes fois répété au cours de la saison ?

Certainement que les ambitions personnelles ont pris le pas sur l'objectif de l'équipe. Le football peut devenir le plus individuel de tous les sports collectifs quand le contexte s'assombrit.

On a aussi mis à l'index mon coach, Franck Dumas, notre faiseur de rêve, le capitaine du navire normand, dont le système (autogestion du groupe) ne s'adaptait peut-être plus à la situation. Il était notre grand frère et s'exprimait davantage en tant qu'ancien joueur que véritable entraîneur… Mais doit-on le blâmer pour ça ?

L'une des pages de ma vie de joueur va se tourner. J'ignore, à l'époque, que c'est en fait la dernière. Ce 30 mai 2009, je suis loin d'imaginer que je viens de livrer mon ultime match professionnel.

***

Aurais-je continué à jouer à Caen si nous nous étions maintenus ? On me pose souvent la question car il n'y aurait peut-être pas eu d'examen médical aussi poussé, pas d'anomalie cardiaque décelée et ainsi j'aurais pu m'écrouler définitivement sur un terrain.

Cette descente en Ligue 2 ne m'a-t-elle pas en fin de compte sauvé la vie ?

À peine un mois plus tard, la fatalité m'a coupé dans mon élan, au moment d'escalader le Rocher de la principauté.

Sifflé définitivement hors jeu !

Le 4 juillet 2009, lors d'une conférence de presse, au siège de l'AS Monaco, je ne peux retenir mes larmes :

« Je voulais faire du rêve ici... J'ai reçu un coup de poignard dans le cœur... Faut savoir rebondir, il y a des étapes dans une vie qu'il faut savoir franchir... Je remercie ma femme, qui est auprès de moi, mes amis... Ça va être dur... Ben voilà, c'est une page qui se tourne... Je suis désolé... »

Je ne trouve plus les mots et je sens monter des sanglots.

Par la suite, j'ai reçu de nombreux témoignages de soutien. Hormis mes amis, mes agents et mes partenaires, plusieurs personnalités du foot m'ont fait part de leur émotion et de leur sympathie : Antoine Kombouaré (désormais à la tête du PSG), Daniel Leclercq, Jean-Pierre Papin, Rudi Garcia (entraîneur de Lille), Philippe Hinschberger (coach de Laval) et Rod Fanni.

Mes anciens dirigeants se sont manifestés. Ceux de Valenciennes : Francis Decourrière et Jean-Raymond Legrand. Ceux qui officient aujourd'hui à Angers : Willy Bernard et Olivier Pickeu. L'AS Monaco est omniprésent depuis l'été dernier, de Marc Keller à Guy Lacombe, en passant par le docteur Philippe Kuentz. Le prince Albert m'a aussi personnellement appelé.

Le service de communication de Caen, représenté par Alex et Pilou, m'appelle souvent.

René Charrier et Jean-Jacques Amorfini, de l'UNFP, prennent régulièrement de mes nouvelles, tout comme l'un de mes interlocuteurs chez Adidas, Erwan Manac'h.

Les média ne m'ont jamais oublié. Je suis encore invité à des émissions de radio ou de télévision. Je retiens les coups de fil ou les SMS qui m'ont tellement réconforté, de Bernard Lions, Vincent Coueffe, Darren Tulett, Alexandre Ruiz, Dominique Armand, Cyril Linette, sans oublier Michel Denisot, décidément un grand monsieur.

Enfin, il y a cette lettre qu'on m'a fait parvenir. Elle est signée Raymond Domenech :

« Steve Savidan a traversé l'équipe de France telle une comète !

« Au sens propre tant il avait fait feu de tout bois lors de ses quarante-cinq minutes disputées face à l'Uruguay. Ses performances avec Valenciennes puis Caen m'avaient incité à lui offrir une opportunité de montrer ce qu'il savait faire au plus haut niveau. Comme il ne disputait pas de Coupe d'Europe, les Bleus étaient la seule possibilité de le vérifier.

« Avec nous, durant les trois jours de stage, il avait été d'une fraîcheur que beaucoup de son entourage lui reconnaissent.

« Joueur non formaté, sorti des sentiers battus, il portait sans doute un regard émerveillé sur l'équipe de France. Il partageait sa chambre avec Franck Ribéry, un mec du Nord comme lui. Ce dernier ne s'était pas privé de le faire tourner en bourrique, en gros farceur qu'il est. Je suis évidemment triste qu'il connaisse une fin de carrière aussi brutale qu'inattendue mais la santé doit prévaloir sur toute autre considération. Je lui souhaite sincèrement bonne chance pour ses choix futurs. »

***

Le samedi 8 août 2009, c'est le coup d'envoi du nouveau championnat et les dirigeants de l'AS Monaco m'invitent au premier match de la saison contre Toulouse. Je donne le coup d'envoi fictif de la rencontre avec sur le dos le maillot que j'aurais dû porter. Un maillot frappé du numéro 9 et floqué à mon nom. Les supporters du stade Louis-II me font une ovation. C'est mon dernier bain de foule sur un terrain. Mélange d'émotions, de fierté et de profonde tristesse.

Une semaine plus tard, j'apprends que le Havrais Amadou Alassane doit lui aussi mettre un terme à sa jeune carrière. À vingt-six ans, il souffre des mêmes symptômes cardiaques. Il devait signer en Écosse, au Celtic Glasgow.

D'autres n'ont pas eu la chance de stopper leur carrière à temps.

Chaque année, dans le monde, la mort subite frapperait un athlète de haut niveau sur 50 000 et dans 90 % des cas, le décès serait dû à des lésions cardiaques (source : Comité international olympique, 2004).

La mort en direct du Camerounais Marc-Vivien Foé, vingt-huit ans, est encore dans toutes les mémoires, le 26 juin 2003, au stade de Gerland, à Lyon, lors de la Coupe des confédérations. Il s'est écroulé en plein match, les yeux révulsés. L'autopsie a révélé qu'il souffrait d'une malformation cardiaque.

Le 25 janvier 2004, au Portugal, durant le match Benfica/Guimaraes, l'international hongrois Miklos Fehér meurt sur le terrain, à l'âge de vingt-quatre ans. Même symptôme cardiaque.

Neuf mois plus tard, un footballeur brésilien, Serginho, s'effondre sur la pelouse. Son cœur était malade et pesait 600 grammes, soit deux fois le poids normal.

En avril 2006, un jeune colombien de dix-sept ans, Victor Alfonso Guerrero, s'écroule à l'entraînement. Quatre mois après, au tour d'un international égyptien de vingt-deux ans, Mohammed Abdelwahab, de décéder d'une crise cardiaque au milieu de ses partenaires.

Été 2007, le championnat espagnol est en deuil, durant le match FC Séville/Getafe, l'international Antonio Puerta succombe à l'âge de vingt-deux ans, après plusieurs arrêts cardiaques simultanés. Les médecins découvrent une dysplasie ventriculaire droite arythmogène.

Fin 2007, le capitaine de l'équipe écossaise de Motherwell meurt à trente-cinq ans alors qu'il s'apprête à être remplacé au cours d'un match face à Dundee United.

Plus récemment, le 8 août 2009, on retrouve le corps sans vie du capitaine de l'Espanyol de Barcelone, Dani Jarque, vingt-six ans, dans une chambre d'hôtel. Arrêt cardiaque.

En France, ce sont 400 à 500 personnes qui meurent chaque année dans le cadre d'une activité sportive.

Le phénomène n'est pas nouveau.

En 1977, le footballeur français d'origine algérienne, Omar Sahnoun, considéré comme l'un des plus grands talents du championnat de France, est victime d'une première alerte cardiaque sous le maillot nantais, ce qui l'empêche de participer à la Coupe du monde en Argentine avec l'équipe de France.

Il décide d'arrêter provisoirement sa carrière, à vingt-deux ans, mais, cinq mois plus tard, le revoilà sur un terrain, se déclarant « guéri » et prêt à reprendre la compétition. Il signe même à Bordeaux. En avril 1980, au cours d'une séance d'entraînement avec les Girondins, il est terrassé d'une crise cardiaque. Il allait fêter ses vingt-cinq ans.

Dernier cas recensé dans l'Hexagone : en janvier 2009, Clément Pinault s'éteint à l'âge de vingt-trois ans, victime d'un malaise cardiaque à son domicile. Il jouait à Clermont-Ferrand en Ligue 2.

Il y a bien sûr tous ceux qui ont échappé à la mort. David Sommeil, dont j'ai déjà parlé dans ce livre et à qui je pense tous les jours, ou encore le défenseur de Niort, Marco Randriana, victime d'un malaise cardiaque en plein match de championnat, en janvier 2008.

Il doit sa survie à la rapidité d'intervention des médecins du club et des sapeurs-pompiers présents au bord du terrain. Il milite depuis pour que des défibrillateurs soient installés dans toutes les enceintes sportives de France.

Épilogue

Plusieurs mois ont passé depuis l'annonce brutale de ma retraite forcée. Aujourd'hui je suis revenu vivre à Angers, là où tout a commencé, entouré de ma famille et de mes amis.

Je n'ai toujours pas digéré ni accepté mon triste sort. J'en veux à mon corps de m'avoir infligé une telle punition, une telle privation.

Cette sentence n'est que le reflet de ma vie : des hauts et des bas, l'alternance de grands moments de bonheur et de douloureux événements. Je vis ce zigzag existentiel à la fois comme une fatalité que je subis et comme une injustice épuisante qui échappe à tout contrôle.

Depuis cette mise au repos, de futiles remises en question me parcourent l'esprit : ah ! si j'avais fait plus de sacrifices, si j'avais été plus à l'écoute, j'aurais peut-être goûté plus rapidement au football de haut niveau. Je ne regrette pas mes erreurs de jeunesse, je les constate simplement. Je suis parti de tellement loin.

En fin de compte, ma formation, je l'ai suivi entre vingt et vingt-cinq ans, pour ensuite prendre mon envol malgré mes ailes blessées.

Bien sûr, je déplore tous mes excès mais ils me permettaient de masquer mes doutes, mes angoisses et mes peurs. Cette hygiène de vie, loin d'être exemplaire, favorisait mon équilibre, j'en suis certain !

Le foot aura été mon école de la vie.

En ce qui concerne mon père, je suis conscient d'avoir tracé un sombre portrait de lui. C'est une complainte qui lui est adressée. J'aurais tellement aimé partager tous ces instants de bonheur avec lui. Il a toujours été si loin de moi.

J'aimerais qu'il comprenne ce que j'ai ressenti enfant puis adolescent lorsque je vivais sous le même toit. J'ai tellement souffert de son attitude même si je n'ai jamais cherché les raisons qui l'ont poussé à agir de la sorte.

L'homme que je suis aujourd'hui est le fruit de ce qu'il a fait de moi : un autodidacte endurci.

Quand mes enfants liront ce livre, ils sauront pourquoi je n'ai pas toujours été présent, pourquoi je ne suis pas un papa idéal.

J'espère simplement que je ne leur ai jamais fait honte.

Quant à ma femme, un seul mot me vient à l'esprit : merci.

On dit que derrière chaque homme se cache une femme. Qu'un homme seul ne sait rien faire, qu'il lui faut être accompagné par une femme. Je l'ai été… par Karine.

Je repense souvent avec nostalgie à ce titre dans la presse pour annoncer ma convocation en équipe de France :

« Steve Savidan, l'homme de trente ans aux jambes de vingt ans… »

Et au cœur de soixante-dix ans, aurait-on pu ajouter…

À corps perdu j'ai couru, assoiffé obstiné vers l'horizon,
l'illusion, vers l'abstrait. En sacrifiant, c'est navrant,
je m'en accuse à présent, mes amis, mes amours...
Pour être fier, je suis fier, entre nous je l'avoue,
j'ai fait ma vie, mais il y a un mais, je donnerais
ce que j'ai pour retrouver, je l'admets, mes amis,
mes amours, mes emmerdes.

Charles Aznavour

ANNEXES

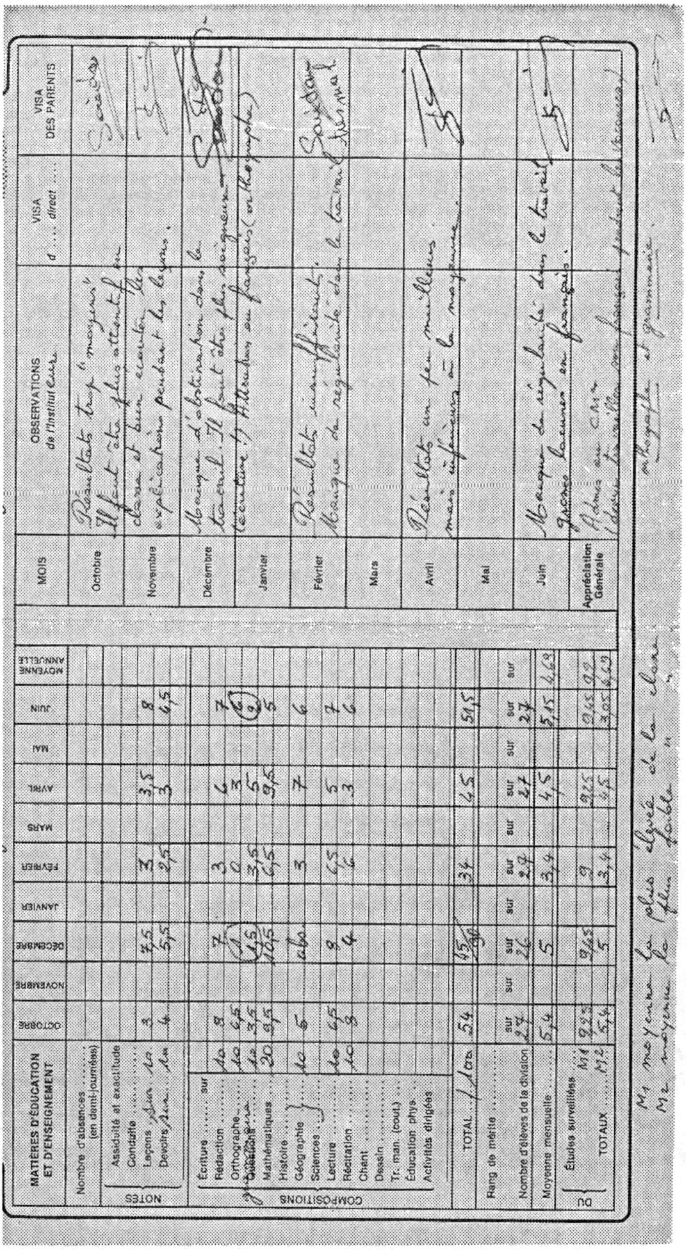

MATIÈRES D'ÉDUCATION ET D'ENSEIGNEMENT	Octobre	Décembre	Février	Avril	Juin
Leçons sur 10	3	7,5	3	3,5	8
Devoirs sur 10	4	5,5	2,5	3	4,5
Écriture / Rédaction sur 10	9	7	3	6	7
Orthographe sur 10	6,5	1	2	3	2
Grammaire sur 10	3,5	4,5	3,5	5	5
Mathématiques sur 20	9,5	10,5	6,5	9,5	
Géographie, Sciences sur 10	6	abs	3	7	6
Lecture sur 10	6,5	8	6,5	5	7
Récitation sur 10	8	4	6	3	6
TOTAL / 100	54	45	34	45	51,5
Nombre d'élèves de la division	27	26	27	27	27
Moyenne mensuelle	5,4	5	3,4	4,5	5,15
M1	9,25	9,65	9	9,25	9,15
M2	5,4	5	3,4	4,5	3,05

MOIS	OBSERVATIONS de l'Instituteur
Octobre	Résultat trop « moyen ». Il faut être plus attentif en classe et bien écouter les explications pendant les leçons.
Novembre	
Décembre	Manque d'obstination dans le travail. Il faut être plus soigneux (écriture) Attention en français (orthographe)
Janvier	
Février	Résultat insuffisant. Manque de régularité dans le travail
Mars	
Avril	Résultat un peu meilleur mais inférieur à la moyenne.
Mai	
Juin	Manque de régularité dans le travail grosses lacunes en français.
Appréciation Générale	Admis au CM2 Élève travailleur [illegible] en français surtout en orthographe et grammaire

M1 moyenne la plus élevée de la classe
M2 moyenne la plus faible

Mon bulletin scolaire à huit ans en CM1.

global star registry™

Certificate of Registration

Know ye herewith that the Global Star Registry doth hereby redesignate a star number. Know ye further that this star will henceforth be known by this name. This name is permanently filed in The Registry's vault and recorded in a book which will be registered in the copyright office of the United States of America.

Redesignate star number: Ursa Major RA 11h6m32.92s DE +36°41'21.70"

To the name: KARINE ET STEVE SAVIDAN

In witness whereof we hereunto set our hands and affix the seal of the Global Star Registry this 3rd *day of* June, 2006

Karl A.T. Karlsson

Registrar *Secretary*

Certificat de l'étoile « Karine et Steve Savidan ».

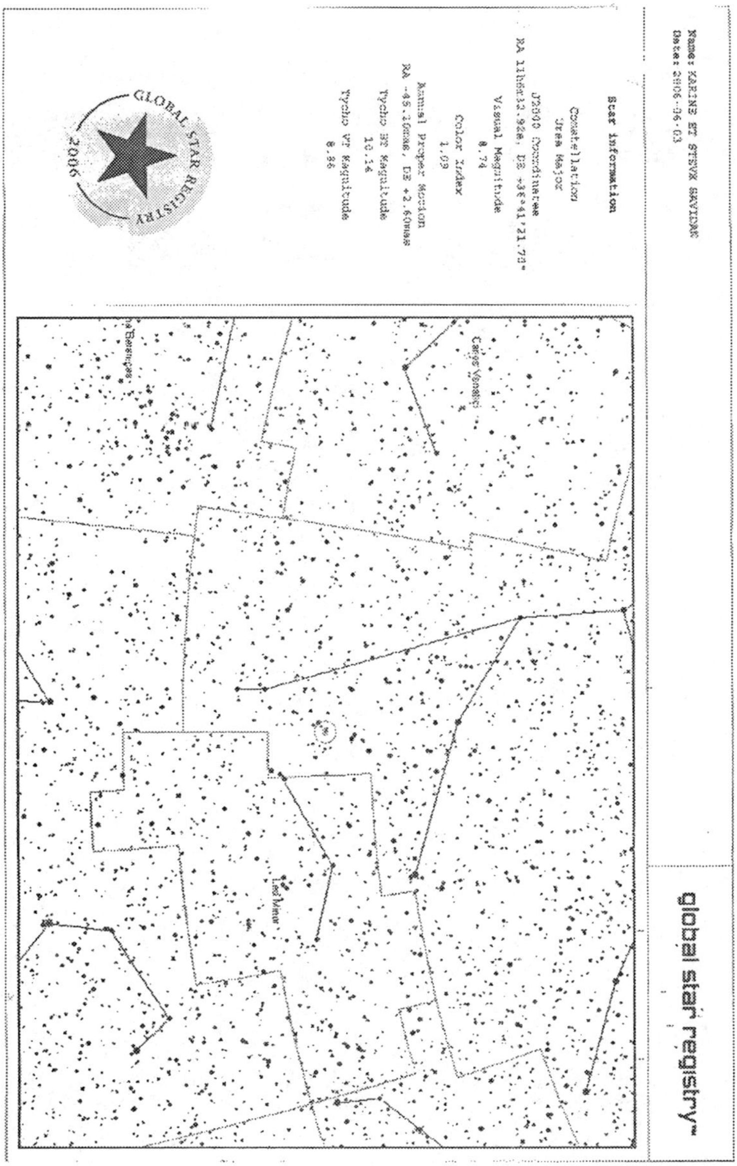
Name: KARINE ET STEVE SAVIDAN
Date: 2006-06-03
global star registry™
Star information
Constellation
Ursa Major
J2000 Coordinates
RA 11h6m32.92s, DE +38°41'21.73"
Visual Magnitude
8.74
Color Index
1.09
Annual Proper Motion
RA -45.10mas, DE +2.60mas
Tycho BT Magnitude
10.14
Tycho VT Magnitude
8.86
GLOBAL STAR REGISTRY
2006
Canes Venatici
Leo Minor

ÉQUIPE DE FRANCE

Match international amical
Mercredi 19 Novembre 2008 - 21 h 00 - Stade de France

FRANCE	
1	LLORIS Hugo
3	EVRA Patrice
4	VIEIRA Patrick (Cap.)
5	GALLAS William
8	GOURCUFF Yoann
12	HENRY Thierry
14	TOULALAN Jérémy
20	MEXES Philippe
21	FANNI Rod
22	RIBERY Franck
39	ANELKA Nicolas
	REMPLAÇANTS
16	MANDANDA Steve
23	PELE Yohann
2	BOUMSONG Jean-Alain
9	SAVIDAN Steve
10	BENZEMA Karim
11	NASRI Samir
13	SILVESTRE Mikaël
15	CLICHY Gaël
18	DIARRA Alou
19	BRIAND Jimmy
	Entraîneur
	DOMENECH Raymond

URUGUAY	
1	CARINI Fabian
8	SILVA Bruno
2	LUGANO Diego (Cap.)
3	GODIN Diego
6	CACERES Martin
16	PEREIRA Maximiliano
5	GARGANO Walter
17	PEREIRA Alvaro
9	SUAREZ Luis
10	FORLAN Diego
7	RODRIGUEZ Cristian
	REMPLAÇANTS
12	VIERA Sebastian
4	VALDEZ Carlos
18	CARDACCIO Mathias
14	SANCHEZ Vicente
13	ABREU Sebastian
11	CAVANI Edison
15	PEREZ Diego
	Entraîneur
	TABAREZ Oscar

Arbitre : ZIMMERMANN Cyril (Suisse)
Arbitres-assistants : REMY Jean-Paul
et ZURBRUEGG Bruno (Suisse)
4ème arbitre : THOISON Christian (France)

ÉQUIPE DE FRANCE

Fédération Française de Football
87, boulevard de Grenelle - 75738 Paris Cedex 15
Tél. : 01 44 31 73 00 - Fax : 01 44 31 73 73 - www.fff.fr

La feuille de match de ma sélection en équipe de France.

FICHE D'APTITUDE et de VISITE

(Art. R241-57 du code du travail)

MEDECINE DU TRAVAIL
10 Avenue du 43ème Régiment Artillerie
BP 1052

Nom prénom : **SAVIDAN Steve**
Poste : **Footballeur professionnel**

Visite : DEUXIEME VISITE CADRE DE L ARTICLE R 4624-31

SASP STADE MALHERBE
BP 6138
14064 CAEN CEDEX

Conclusion : Inapte au poste mais apte à un autre Vu les éléments recueillis lors des examens du 20/07/2009 (V1) et de ce jour (V2) Vu les résultats des examens complémentaires et consultations spécialisées (réalisées du 1er juillet 2009 au 3 juillet 2009) Vu les éléments recueillis lors de l'étude de poste de travail et de l'entretien avec l'employeur du 22/07/2009, Monsieur Savidan Steve est inapte au poste de footballeur professionnel Il ne peut pas faire de pratique sportive de compétition Il peut exercer des tâches au sein de l'entreprise ne nécessitant pas d'effort physique souteнu et intense. Il serait apte à un poste de type administratif, commercial, de communication ou d'entraîneur (dans le respect des contre-indications sus citées) **Date de l'examen** : 04/08/2009	**Signature du Médecin** Docteur FUSIBET Catherine Tél Fax :

Le document officiel qui atteste de mon inaptitude.

Remerciements

Steve Savidan remercie tous les dirigeants, éducateurs, bénévoles, entraîneurs, présidents, coéquipiers et supporters, journalistes qui ont partagé sa carrière de joueur amateur et professionnel.

Ses potes footballeurs : Karim Aït Khama, Stéphane Rivoal, Sébastien Le Paih, Alban Gaborit, Olivier Guégan, Valérian Peslier, Cédric Pardeilhan, Stephane Lucas, Hervé Milazzo, Raphaël Camacho, José Saez, Stéphane Coque, David Klein, Maxence Flachez, Ludovic Liron, Laurent Dufresne, Grégory Pujol, Julien Toudic, Grégory Leca, Brahim Thiam.

Ses amis valenciennois : la famille Suin, la famille Maggi, la famille Chasselat, la famille Brouillet.

Nicolas Denneulin et ceux partis trop tôt Jean-Marie Vergé et Arnaud Delahaye.

Ses amis de toujours : la famille Muraccioli-Beretti, la famille Goblet, la famille Desvallois, la famille Frogé.

Sa famille et sa belle famille.

Merci à tous pour votre soutien et pour avoir accepté le bonhomme tel qu'il est.

David Berger remercie tout particulièrement :

Lamia et Frédéric, pour leurs conseils précieux.

Sabrina et Jeannine, pour leur havre de paix propice à l'inspiration.

Patrick Mahé, pour sa confiance.

Ses parents, pour l'avoir toujours encouragé dans sa vocation.

Marie-Astrid, pour sa présence et son amour.

TABLE DES MATIÈRES

Cet ouvrage a été imprimé par
CPI - Firmin Didot à Mesnil-sur-l'Estrée
pour le compte des Éditions du Rocher
en décembre 2009

Composition et mise en pages réalisées par
Sud Compo - 66140 - Canet-en-Roussillon
034/2009

Éditions du Rocher
28, rue du Comte-Félix-Gastaldi
98000 Monaco
www.editionsdurocher.fr

Imprimé en France
Dépôt légal : janvier 2010
N° d'impression : 97968